런던 유령 : 버지니아 울프의 거리 산책과 픽션들

지은이 최은주 | 펴낸이 유재건 | 펴낸곳 엑스북스(xbooks)

등록번호 제2014-000206호 | 주소 서울시 마포구 와우산로 180 (4층 402호)

대표전화 02-334-1412 | 팩스 02-334-1413

초판 1쇄 인쇄 2017년 10월 25일 | 초판 1쇄 발행 2017년 10월 30일

이 도서의 국립중앙도서관 출판예정도서목록(CIP)은 서지정보유통지원시스템 홈페이지(http://seoji.nl.go.kr)와 국가자료공동목록시스템(http://www.nl.go.kr/kolisnet)에서 이용하실 수 있습니다. (CIP제어번호: CIP2017026916)

ISBN 979-11-86846-22-3   03800

런던 유령

최은주

버지니아 울프의   거리 산책과   픽션들

xbooks

목차

장소에는 기억을 채우는 시간들이 있다.

런던 지도

런던. 여행자들에게는 박물관이나 역사적 명소와 같은 외면에
열광하고 도취하게 만드는 곳이지만, 런던 사람들에게는 여행
자들로서는 알 수 없을 사적 역사와 기억, 비밀들이 간직된 곳
이다. 영국 작가들의 런던 거리에 대한 스케치는 조지 기싱이
나 찰스 디킨스에게는 가난하고 비참한 밤거리, 탐욕의 뒷골목
으로 나타난다. 반면, 샬롯 브론테에게는 활력 있고 생동감 넘
치는 거리로, 버지니아 울프에게는 대낮의 말끔한 거리로 나타
난다.

전해지는 이야기에 따르면 찰스 디킨스는 어릴 때부터 힘든
일을 마치고 런던 거리를 돌아다녔다. 하급 관리 아버지가 채

무관계로 수감되면서 가세가 점점 기울자 12세 때부터 런던의 구두약 공장에 취직한 그는 깊은 생각에 빠지기를 좋아했고 자신의 슬픈 운명에 사로잡혀 있었다. 그 결과, 디킨스의 소설 속에서 런던은 불행한 어린 아이의 상상을 통해 기괴한 드라마의 장면으로 연출되었고, 버지니아 울프는 영국을 해체하여 런던이 더 이상 세계의 중심이 아니라는 사실을 인식했다.

버지니아 울프의 소설 『댈러웨이 부인』에서 클라리사 댈러웨이는 다른 사람들과는 다른 방식으로 런던 거리를 전유한다. 그녀가 파티를 위한 꽃을 사고자 걷는 도시 공간은 앓던 병을 이겨내고 회복하면서, 즉 일상생활로의 복귀를 보여 주는 상징적 의미이다. 문을 여는 순간 열여덟 살에 창문을 열던 순간과 기억이 포개진다. 가장 젊고 아름다웠던 날들로 기억되는 열여덟 살 때의 느낌이 되살아나는 것은 살아 있다는 증거이다. 무언가 대단한 일이 일어날 것만 같았던 그때도 그녀는 바깥 대기 속으로 뛰어들고만 싶었다.

따라서 어떤 책을 펼쳐드느냐에 따라 우리는 다른 창을 통해 런던을 보게 된다. 런던 지도를 펼치면, 약호화된 장소들과 선들만이 공간을 채우고 있는 것이 아니다. 작가들이 그려 낸 런던에 대한 낯익은 지명들과 시선, 그리고 기억들이 담겨 있다. 장소에는 기억을 채우는 시간들이 있다. 그 시간들은 기억의 밀도에 따라 길게도 짧게도 채워질 수 있다. 기억은 시간을 제

마음대로 구성하기 때문이다. 완전함에 가까운 기억이 존재한다면, 그것은 긴 시간처럼 조작될 것이다. 기억이 현실을 바탕으로 하면서도 진실만을 담고 있지 않은 이유이다. 그만큼 기억은 교묘한 얼굴을 하고 있다. 그 속에서 장소는 조각나 있으며, 여기에 새겨지는 내적 역사를 남들은 읽을 수 없다. 그 과거와 맞닿은 기억을 통해 공간은 더 확고해지며, 스쳐가는 동안에도 따뜻한 시선이 드리운다. 따라서 여행객이 갖지 못할 소속감의 장소로서 그곳에는 영혼이 부여된다. 제각각의 풍경은 매일이 다른 것 같지만, 여전히 익숙하며, 발걸음은 길들여져 있다.

『댈러웨이 부인』보다 6년 뒤에 쓰여진 『파도』에서 런던 한복판 카페에 앉아 사람들과 사물을 묘사하는 방식은 버지니아 울프가 카페에서 사람들을 지켜보는 모습과 엿듣기, 노트에 낙서하는 모습을 상상하게 한다. 물론 버지니아 울프의 큰 즐거움은 출몰에 가까운 런던 배회였다. 그것은 그녀가 글을 쓰는 데 영감을 주었을 뿐만 아니라 우울할 때 위안을 주기도 했다. 걷기에서 채워지는 풍경은 걷는 속도에서 만들어진 인상과 사유의 글쓰기를 생성시킨다.

『댈러웨이 부인』은 출몰에 가까운 런던 배회에 대한 대표적인 소설이다. 클라리사 댈러웨이가 거닐던 피커딜리며 화이트

홀, 로열 파크는 21세기에도 크게 달라지지 않았다. 구글맵은 소설 속 클라리사 댈러웨이가 걸었던 경로를 제공한다. 그녀가 기억에 잠긴 빅토리아가(街)와 세인트 제임스 공원, 피커딜리뿐만 아니라 피터 월시가 거치는 트라팔가 광장, 리젠트 파크, 대영박물관이 등장한다. 그리고 셉티머스 스미스가 서 있던 할리가 외에 셉티머스의 시신이 실려 가는 앰뷸런스의 위치, 폭음이 있던 승용차의 위치, 하늘에 연기로 글자를 만들던 비행기의 위치까지 그림과 사진을 통해 자세하게 보여 준다. 버지니아 울프가 제시한 런던의 지명이 독자로 하여금 상상의 지도를 만들게 했다면, 구글맵은 그 경로를 시각적으로 완성시켰다. 우리는 생생한 현장성으로 각 인물들이 있었을 장소에 함께 서 있게 되었다.

클라리사 댈러웨이가 걷는 런던 시내의 동선은 그녀에게 습관이자 규칙처럼 익숙하다. 그러나 병을 회복하고 오랜만에 나온 거리는 유독 새롭다. 낯선 듯한 익숙함일 것이다. 6월의 어느 날이 아주 특별한 날이 되는 순간이다. 파티가 있다고 해서 아주 특별한 날이라 부를 수는 없을 것이다. 당시에 파티는 드물지 않은 반복적인 행사였다. 어떤 날을 특별하다고 생각하는 것은 그 날 자체의 특성 때문이 아니다. 여러 날 중 어떤 하루에 몰두해 집중적으로 묘사할 때 임의적인 성격이 거두어지면서 다른 날과의 차이를 일으킨다. 물론 외부의 세계가 아니라 내면의 풍경이 그러하다.

특히 그런 날이었다. 물론, 파티가 예정되어 있었고, 사랑했던 피터 월시가 돌아왔다. 그리고 얼굴도 모르는 셉티머스 스미스가 죽었다. 피터의 '도착'과 셉티머스의 '떠남'은 이야기 자체의 모티프가 되었다기보다는, 클라리사 댈러웨이의 내면에 반향된 인상을 묘사하기 위해 사용되었다. 외부의 사건은 기억을 몰고 오며, 그 기억은 클라리사의 과거 경험에 빗대어져 해석될 수 있을 뿐이다. 그것은 한계이면서 동시에 자기 삶의 재해석이기도 하다.

『파도』에서 주요 인물들은 모든 감각을 런던에 집중시킨다. 런던을 오가는 사람들, 이 불특정 다수의 모습들을 연상시키듯 모든 사건과 감상들이 조각조각 떠다닌다. 누군가 문을 열고 들어오는가 하면 누군가는 문을 열고 나간다. 우리는 그들을 물끄러미 바라보지만 그들을 얼굴을 가진 개별의 사람으로 기억하지 못한다. 그 전체적인 인상이 찰나를 구성할 뿐이다. 개인에게 그 찰나는 절대적이고 유일하지만 그 개인은 런던 전체를 구성하는 일부이다. 그와 같은 도시 공간을 묘사하는 버지니아 울프의 방식이 바로 삶의 궤적이다.

혼자 걷는다. 걷고 또 걷는다. 걷는다는 것은 도시를 경험할 수 있는 가장 기본적인 형태라 했다. 도시와 사람을 관찰하고 그들의 표정에서 세계를 본다. 사람들도 걷고 있다. 그들은 집단으로 움직이지만, 개인으로 흩어진다. 점점이 흩어지고 사라져 버린 순간은 다시 채워지기 전까지 빈 공간이 된다. 불안의 원인이기도 했던 사람들이었지만, 빈 공간은 불안과 공포의 장소가 된다. 이때 내면으로 돌아가 자신의 생각 속에 침잠한다. 걷지 않고는 사유가 불가능하다. 점점 길어지고 헌신적이 되어 가는 거리 산책에서, 거리를 두고 시간을 내어 사물을 바라보면 사물의 세계가 내면의 세계로 들어온다. 사물은, 그 넓은 플라타너스의 잎사귀는 코끼리의 귀처럼 펄럭이고 내면에 가라앉아 있는 미결정적인 것들과 뒤섞여 마치 화학작용을 일으키는 것만 같다.

당신이 느끼는 감정

버지니아 울프의 소명은 글쓰기였다. 쓰지 않는 순간에도 쓰기 위해 살았던 삶의 배경에는 유일한 현실, 개인적 상처와 전쟁, 질환이 있었다. 그러나 어떻게 해서라도 벗어 버리기 위해 바로 그 상처와 전쟁, 질환을 글의 재료로 삼았던 그녀였다. 글을 쓰는 것은 읽는 것보다 어렵다. 아무래도 쓰는 것보다는 읽는 것이 수동적일 테다. 그러나 버지니아 울프를 읽기 위해서는 수동적이 될 수가 없다. 아니, 수동적으로 책을 읽어 나간다면 아무것도 읽히지가 않는다. 아무것도 읽히지 않는다는 말이 꼭 맞다. 온 정신을 쏟아야 비로소 꿈틀거리는 무엇인가를 볼 수 있다. 단순한 사실을 하나의 사건이 되도록 방법을 취하는 그녀의 방식은 독자에게도 독자로서의 특정한 태도를 요구한다. 따라서 버지니아 울프를 읽는 것은 고된 일이다. 대학 연구자들은 작품의 주제와 상징을 부분적으로 논하는 접근방식을 취했으며, 문학 비평가들은 소설기법에 대한 접근, 혹은 그녀 삶에 대한 논의형식으로 작품들을 뭉근하게 다루었다.

버지니아 울프를 읽는 것은 쉽지 않다. 독특한 그녀의 문체를 읽고 해설해 내는 것은 어렵다. 국내에서도 잘 알려진 작가이지만 그녀의 소설을 제대로 읽은 사람이 많지 않은 이유다. '제대로'의 어감에는 여러 가지가 내포되겠지만, 생애와 작품 제목, 또는 끝까지 읽지 못한 채 잊혀진 한두 권의 소설로 집약될 것이다. 다른 작가들의 경우 대부분 작품으로 알려진 데 반해 버지니아 울프는 그녀의 생애로 더 잘 알려져 있는 것도 그런 이유에선지 모른다. 그녀의 인생은 독특했고, 작품은 잘 읽히지 않았다. 일기와 전기조차도 읽기에 녹록지 않다. 사람들은 그저 그녀 삶을 이야기하는 것으로 그녀를 이해한다고 생각했다. 그녀의 대표적인 소설로 1925년의 『댈러웨이 부인』, 1927년의 『등대로』, 1931년에 집필한 『파도』는 몇 번을 시도해도 실패를 면치 못하게 하는 책들이다. 1929년에 쓴 에세이집 『자기만의 방』은 페미니즘에 대한 필독도서로 여겨져서 읽히는 정도이다.

몇 번의 시도에도 좌절을 면치 못하는 사람들 중에 책을 유난히 좋아하는 사람이 많다는 것은 아이러니이다. 그런데 잘 생각해 보면, 책을 좋아하는 사람들의 특징 중 하나가 바로 이와 같은 아이러니를 이해 가능하게 만든다. 그들은 한번에 모든 것을 먹어 치우려는 포식자와 같다. 한 권의 도서를 느리게, 그리고 여러 번 반복해서 읽는 시간을 할애하는 데는 인색하다. 버지니아 울프는 「어떻게 책을 읽어야 하는가?」라는 글에서 '어떻게 책을 읽어야 하는가?'의 질문에 대한 답을 자기 자신에게는 적용할 수 있지만 다른 사람에게는 적용할 수 없다고 말한다. 독서란 그저 읽는 사람의 본능을 따르는 것이며 스스로의 이성을 사용해서 자신만의 결론에 이를 뿐이라는 것이다. 그렇지만 읽고 있는 책의 저자가 되어 보고, 그의 동료 작가가 되어 보라는 것이 울프의 조언이다. 마음을 열고 첫 문장의 꼬임과 구부러짐으로부터 거의 감지할 수도 없는 결의 상징과 암시가 전혀 다른 인간 존재에게 데려갈 거라 말한다.

오오 서풍이여, 가느다란 비 뿌리는 너
언제 불어오려나?
아아, 내 사랑 품에 안고

다시 잠자리에 들고 싶은지고!

16세기 작가 미상의 이 시는 버지니아 울프의 「어떻게 책을 읽어야 하는가?」에도, 『파도』에도 등장한다. 소설이 점진적으로 빛을 비추는 것과 달리, 시는 순간적이면서 직접적인 충격을 가한다. 『파도』에서 루이스는 하루의 일과를 끝내고 집으로 돌아와 작은 책을 펼치고 시 한 편을 읽는다.

오오, 서풍이여……

같은 책에서 로우다는 창가에 서서 굴뚝의 연기 배출구와 가난한 집의 망가진 창문을 바라보며 이 시를 읊는다.

오오 서풍이여, 너는 언제 불어오려는가……

무서운 삶의 거짓과 머리 숙임, 고난과 예속에서 연속성과 영원을 향한 갈구이자 좌절의 순간에 『파도』의 인물들에게 이 시는 울려 퍼진다. 바라보고 있던 노인이나 소녀의 모습에서 시공간을 뛰어넘으면서 인생 자체를 본 인물들 사이로 이 시구가 가로지르고 있는 것이다. 이것을 어떻게 설명해야 할 것인가. 버지니아 울프의 『댈러웨이 부인』에는 셰익스피어의 『심벨린』중 한 구절이 여러 인물들의 입을 통해 반복된다.

더 이상 두려워 마라. 태양의 뜨거움을,
또한 광폭한 겨울의 사나움을

『등대로』에서는 윌리엄 쿠퍼의 시 「조난자」가 이어진다.

우리는 죽었노라, 제각기 홀로
그러나 나는 더 거친 바다 밑에서
그보다 더 깊은 심연에 잠기었노라.

여러 인물들의 입을 통해 반복되는 이들 시가 각인하려는 것은 무엇일까. 시어로부터 느껴지는 어떤 흔들림, 다짐, 또는 인식에 대해 동조하는, 또는 어떤 열망이 생겨나는가 싶다가도, 헤아리기도 전에 사라지고 만다. 생각과 감정과 언어가 응집되지 못하는 순간이다. 이때 우리는 더없이 불안하다. 잡히지 않는 무엇, 보이지 않는 무엇 때문에 불안이 생겨난다. 어떤 순간의 마음, 그 믿을 수 없는 것에 대한 정체를 찾아보려 하지만 역시 언제나 비켜설 뿐이다. 따라서 시에 가장 가까이 접근한 소설 『파도』를 이해하기에는 가로막는 무엇이 있다. 굳이 버지니아 울프의 책을 읽어야 한다는 것은 아니지만 책을 읽는 의미가 여러 권을 읽는 것에 있지는 않다는 점에 동의한다면, 그녀의 책을 읽어 보라고 권하고 싶다. 특히, 자신의 마음을 헤아릴 수 없을 때, 더없이 바쁜 순간조차도 고독의 밀도가 켜켜이 느껴지는 때에, 그때 그녀가 쓴 책을 천천히 읽기를 권한다.

독서과정에는 망설임이라는 것이 발생하기 때문에 그것을 무시하고 결론에 도달해서는 안 된다. 그와 같은 결론은 자연 발생된 것이 아니라 허영심에 쫓긴 하나의 선택일 수가 있다. 읽는다는 것은 서술된 사건과 그 의미에 관한 것만이 아니다. 빛에 대해서, 마음에 대해서, 그리고 세상을 향해 나 있는 길들에 대해서, 궁극에는 어쩌면 모든 진실에 대해서, 벼린 언어들의 반짝임에 대해서 경험하는 것이다. 그러한 것에 멈칫하고 술렁거리므로 독서는 수동적이거나 정적으로 일어나는 것이 아니라 강렬한 운동적 반응을 일으킨다. '여러 번'을 헌신적으로 읽을 때, 그때마다 보지 못했던 문장과 이야기가 드러날 것이다. '도대체 앞서 읽을 때 뭘 한 거야?'라고 묻게 된다. 내 마음이 열렸다 닫혔다를 반복하듯이 읽을 때마다 보이고, 보이지 않는 것들이 있다. 절대로 포식을 불가능하게 하므로, 무겁지만 서서히 느림에 익숙해지게 한다. 행간마다 멈춰 서게 하고 사유하게 만든다. 늘 거기 있었으나 알아차리지 못했던 일상의 부분들, 사물이든, 사람이든, 나를 막아서지 않고 존재했으므로 무심했던 것들이 어느 날 불쑥 사라져 버릴 수 있다는 것을 깨닫게 할 것이다. 세상에 당연한 것은 하나도 없다는 진리를 내밀 것이다. 그렇게 결여를 통감하는 것에서 삶의 성질을 알 수 있는 것이다.

그러나 소설가가 하는 일의 원리를 이해할 수 있는 가장 빠른 방법은 읽는 것이 아니라 쓰는 것이다. 버지니아 울프도 말했듯이, 단어들의 위험과 곤란을 직접 실험해 보는 것이다. 어떤 사건이 나에게 분명한 인상을 남겼다. 거리 모퉁이에서, 아마 이야기하는 두 사람의 곁을 지나쳤을 것이다. 나무가 흔들렸고, 전기등이 춤을 추었다. 이야기의 어조는 코믹했지만, 또한 비극적이었다. 이 모든 비전, 전체 구상은 그 순간에 들어 있는 것처럼 보인다. 그러나 이것을 단어로 재구성하려고 시도할 때, 천 개의 상충되는 인상들로 나눠지기 시작한다는 것을 알게 된다. 어떤 것은 가라앉혀야 하며 어떤 것은 강조되어야 한다. 그 과정에서 그 감정 자체를 전부 붙잡으려 하다가는 다 놓치게 된다. 바로 이때 위대한 소설가 한 사람의 책을 펼쳐 보면 그들의 경지를 알게 될 것이다. 「어떻게 책을 읽어야 하는가?」에서 버지니아 울프가 쓰고 있는 이야기이다. 그러나 버지니아 울프를 읽는다는 문제로 돌아왔을 때, 그녀의 소설은 스토리 중심이 아니기 때문에 읽는 것마저 좌절시킨다. 지적인 것에 대한 허영으로 접근했을 때 여지없이 마주치는 것은 좌절이다. 그녀의 소설을 읽으면 잊어버리고 만다. 메모를 하면서 읽

지 않는 한, 읽을 때마다 생경하다. 그리고 그 메모마저 나중에
는 새롭다. 버지니아 울프의 소설을 읽는 동안 마주하게 되는
것은 스토리가 아니라, 문장 자체에서 흘러나오는 감흥이다. 시
한 구절에서 멈추고 소리 내어 읽는다.

　　살아온 모든 삶과 살아갈 모든 삶이
　　나무들과 철 따라 달라지는 잎사귀들로 가득하다네.
　　그대에게 그렇게 보이는지 궁금하다네.
　　루리아나, 루릴리.*

　책이 어려운 것은 스토리 때문이 아니라, 스타일 때문이다.
세대마다 되풀이되어야 하는 이야기들이 있다. 그리고 버지니
아 울프는 많은 현대 작가들과 마찬가지로 스타일에 전념했
다. 우리가 타인에게 말을 걸 때 화법에 신경을 쓰는 것처럼, 책
이 우리에게 말을 건네는 방식은 모두 다르다. 따라서 그 책들
로부터 스토리뿐만 아니라 감정을 느낄 수 있다. 버지니아 울
프의 말처럼, 책 그 자체는 "당신이 느끼는 감정"인 것이다. 빛
과 사물, 그림자와 바람의 흔적이며 사건이 있던 순간에 내면
에 부딪쳐 오는 단상들의 포착이다. 그것들은 현실일까, 비현실

---

* 『등대로』에서 램지 부인이 읊는 찰스 엘턴의 시 「루리아나, 루릴리」이다.

일까. 현실성을 믿지 않은 버지니아 울프에게 어쩌면 세간에서 말하는 비현실이라는 것은 현실의 밀도와 같은 것은 아닐까. 매일 반복적인 일상 속에도 색조가 드리우고, 그것이 기억을 만들고 나만의 삶이라는 모양으로 축조된다. 그 색조는 외부의 크고 작은 사건 때문이 아니라, 한가한 시간에 '내면에서 일어난 방대한 움직임'인 것이다. 릴케는 이에 대해 다음과 같이 쓰고 있다.

나는 한가하게 지낼 수밖에 없게 된 요즘이야말로 가장 심오한 활동을 펼친 나날들이 아닌가 생각한다. 우리의 행동들이란 한가한 시간 동안 내면에서 일어난 방대한 움직임의 마지막 잔향에 불과하지 않은가. 어쨌든 확신을 품고, 헌신적으로, 가능하다면 환희를 느끼며, 한가로이 지내는 것이 매우 중요하다. 손을 움직이지 않을 정도로 한가한 나날은 너무도 조용하기에, 옷깃이 스치는 소리조차 크게 들린다.

대부분의 천재들이 위대한 산책자들이었다고 한다. 근면하고 지적으로 풍요로운 산책자들로, 가장 한가하게 보일 때가 가장 일에 몰두하고 있는 때일 경우가 많다(발터 벤야민, 『도시의 산책자』, 83쪽).

생각에 빠져 있는 순간, 그녀가 들어와 자리를 잡고 앉았다.

『파도』에서 버나드와 그의 친구들이 함께 앉아 있던 런던의 카페 문으로 들어왔던 여러 사람들 중 한 명처럼 그렇게 들어왔을 것이다. 홀로 묵묵하게 책을 읽기 시작하는 그녀에게 고독한 장면들이 연출된다. 등을 구부리고, 머리를 책 쪽으로 숙이고 있지만 내면에는 '방대한 움직임'이 일어난다. 그녀 또한 이 현실세계에 몸담고 있으므로 그녀를 바라보는 또 다른 사람의 눈에는 그녀로부터 깊은 외로움이 묻어날지 모른다. 소란한 현실공간에서 돌아 앉아 있기는 하지만 바로 그 현실세계에 그녀가 비쳐지는 상(想) 때문이다. 그녀는 누구와도 함께할 수 없는 시간과 공간에 있는 것이다. 잠시 멈추고 누군가와 눈을 맞추며 이야기를 나눌 수는 있지만 그것은 잠시잠깐의 막간과도 같은 시간이다. 그녀는 다시 고개를 숙인다. 그리고 이내 누군가와 나눈 이야기를 잊고 만다.

외부는 초월되는가 하면 내면은 끊임없이 깎이고 고통받기도 한다. 시야에 일렁거리는 빛이 사물을 가로막아 보이지 않게 될 때, 그때 무능하고 간절해지는 막연함이 존재한다. 무엇이 현실적이고 비현실적인가, 의문이 드는 순간도 있다. 수 년 전 모하비 사막을 건너갈 때 그곳에 있을 법하지 않은 에뮤라고 하는 거대한 새를 보았었다. 새는 움직이지도 않고 타고 있던 차에서 내린 그녀를 지그시 바라보았다. 그리고 다시 먼 곳으로 시선을 돌렸다. 에뮤가 서 있던 풍경은 아무것도 없는 넓은 사막 위로 열기가 느껴지는 먼지바람 속이었는데, 마치 꿈과 같은 인상을 불러일으켰다. 그곳에 서 있던 것은 사실이었지만 가장 사실 같지 않은 순간이었다. 그것에서 번져 나오는 기억을 무엇이라고 부를 수 있을까? 어쩌면 아무것도 아니라고 할 수 있다. 그러나 현재의 어떤 돌발적 사건을 마주하는 순간, 동일한 온도의 기억 하나가 되살아나면서 특별한 것이 된다. 그녀는 버지니아 울프의 독서 속에서 자신의 기억들과 마주하고 자신에게서 번지는 감정들을 연필로 긁적이기 시작했다.

여정

버지니아 울프와 남편 레너드 울프가 1917년에 설립한 호가스 출판사는 런던 리치몬드가에 있는 그들 집의 이름을 따서 지은 것이다. 울프 부부는 이곳에서 1915년부터 1924년까지 살았다. 이곳에서 그들은 자신들의 저서는 물론 주요 모더니스트 작가들의 작품과 번역 작품들을 출판했다. 레너드 울프는 글 쓰는 지적인 노력으로부터 버지니아 울프의 관심을 빼앗아 휴식을 갖게 하려고 출판사를 시작했다. 그러나 휴식은커녕 두 사람 모두 인쇄 작업에 열정을 쏟았다. 초반에는 취미 정도였지만, 이후 그들은 일반 출판업자들이 관심 없어할 실험적인 출판을 결심할 정도로 출판사 일에 큰 비중을 두었다. 그리고 이 사업은 출판업자들에게 작품을 보이는 것에 공포와 고통을 겪었던 버지니아 울프로 하여금 원하는 대로 자유롭게 글을 쓸 수 있게 하는 기회가 되기도 했다.

버지니아 울프는 호가스 출판사로 들어오는 작품들을 일일이 읽어 보고 직접 인쇄 작업을 했다. 그녀의 생애 동안 호가스 출판사에서는 474권의 책이 출간되었다. T.S.엘리엇, 캐서린 맨스필드, 비타 새크빌-웨스트가 이곳을 거쳐 갔으며, 그들은 어떤 식으로든 버지니아 울프의 지적 세계에도 영향을 미쳤다. 피터 브룩스, 서머싯 몸, 크리스토퍼 이셔우드 등은 울프 부부와 교류했다. 동시대 작가들은 아니었으나 버지니아 울프가 에세이로 남긴 윌리엄 셰익스피어, 존 던, 제인 오스틴, 샬롯 브론테 등을 버지니아 울프와 함께한 작가들이라 불러도 좋으리라.

여기까지는 이미 알려진 바대로다. 버지니아 울프가 독서를 통해 만난 저자들뿐만 아니라 실제로 왕래한 작가들을 소개하기 위하여 이 출판사가 개업하게 된 일화를 밝혔다. 버지니아 울프의 작품과 울프 부부가 왕래한 이들에게 오버랩되는 작품들을 소개하기 위해서였다. 이 책에서 그들의 픽션들 몇 편의 흔적을 발견할 수 있다. 버지니아 울프의 『댈러웨이 부인』과 『등대로』, 『파도』에서 연상되는 장면이나 인물들이 오고 갈 것이다. 그들은 이 세상에 없는 순수한 존재들이 아니다. 버지니아 울프의 독서를 통해, 그리고 실제의 친교를 통해 만난 사람들이다. 그들이 버지니아 울프의 작품 속을 통과해 간다. '통과'란 닮은 꼴을 보여 준다는 것이지만, 닮은 꼴만을 보여 준다는 것은 아니다. 등장하는 순간 살아 움직이는 다른 인물로 변신한다. 그리고 이 세 작품들 중에서도 『댈러웨이 부인』이 전체 이야기의 중심에 있다. 거리를 배회하는 클라리사 댈레웨이를 축으로 버지니아 울프의 소설은 물론, 다른 작가들의 픽션들이 여러 방향으로 뻗어 나가면서 지도를 확장할 것이다. 버지니아 울프의 소설을 읽으면, 인쇄된 지명들에서 장소가 열리고 동일한 장소에 서 있던 여러 인물들이 각자의 기억과 경험에 의한 픽션들을 만들어 낸다. 그것은 피터의 공상이나 낮잠, 셉티머스의 전쟁 후유증, 클라리사의 기억과 램지 부인이 읽고 있던 책, 버나드가 쓰던 글들에서 비롯된다. 화자인 '나'는 축소되고, 볼드한 서체로 등장한 **그녀**라는 가공인물 하나가 픽션을 만들어 갈 것이다. **그녀**는 전혀 다른 장소에서 버지니아 울프의 인물들과 함께 세계를 연다. 세계의 중얼거림, 지도의 확장이 **그녀** 식으로 이루어진다. 여기저기 출몰하는, 다른 색으로 표시된 중괄호{ } 속의 독백과도 만나게 될 것이다. 그것은 『댈러웨이 부인』으로부터 『등대로』로, 그리고 『파도』로 가는 **그녀**의 여정이 작품 그 자체의 작법을 닮아 갔던 과정이기도 하며, 독서에서 충돌하는 픽션 밖의 삶에 대한 독백이기도 하다.

정말이지 지금 당장 연필 하나가 꼭 필요해

결심한 마음이 있는가 하면 들락거리는 마음이 있다.

'미세스 댈러웨이, 미세스 댈러웨이.'

버지니아 울프의 『댈러웨이 부인』을 떠올릴 때마다 클라리사 댈러웨이가 속으로 읊조렸을 말을 소리 내어 발음해 본다. 그러나 원작에서 댈러웨이 부인이 이렇게 읊조리는 모습은 어디에도 없다. 이것은 소설을 극화한 동명의 영화에서 나오는 장면이다. '미세스 댈러웨이, 미세스 댈러웨이.' 소설에서 댈러웨이 부인은 '더 이상 두려워 마라. 태양의 뜨거움을, 또한 광폭한 겨울의 사나움을'이나 '만약 죽어야 한다면 지금이 가장 행복한 때'라는 셰익스피어의 희곡 구절들을 생각하고 속으로 읊조릴 뿐이다. 런던 거리를 걷다가 '한 번 더 결혼할 것도 아니고 더 이상 아이를 가질 것도 아닌' '더 이상 클라리사도 아닌, 리처드 댈러웨이의 부인'이라는 사실이 그녀의 마음속을 스쳐갈 뿐이다. 영화는 그런 원작 속의 댈레웨이 부인을 함축적으로 보여 주기 위해 '미세스 댈러웨이, 미세스 댈러웨이'를 읊조리게 한다. 그 순간의 그녀는 회한이나 슬픔을 밀쳐내고 의도적으로 담담한 순응에 다가서려 하는 것만 같다.

클라리사 댈러웨이는 파티를 위한 꽃을 사기 위해 문을 열고 바깥의 대기 속으로 뛰어든다. 대기 속으로 뛰어들자마자 그녀가 서 있는 런던 거리로 과거의 기억이 바닷물처럼 밀려온다. 그러나 과거의 기억은 후퇴나 쇠퇴가 아니라 산책에서 자극받은 뇌의 적극적 활동이다. 일어서서 문을 열고 걸어 나가는 순간 삶이 밀려온다. 그 삶은 지금 현재를 휘감고 있는 과거와 혼재한다. 1923년 6월 13일 수요일. 런던 거리를 충분히 만끽하면서 그녀는 사색에 잠겨 걷고 있다. 소설은 런던 산책자의 경로를 보여 주면서, 클라리사 댈러웨이의 의식이 아주 깊숙이까지 가닿는 사적인 세계와 그녀의 신체가 미끄러져 걸어가고 있는 런던이라는 외부 세계, 그리고 1차 세계대전을 지나온 역사성이 흐르는 공적인 세계와의 관계를 경계 없이 드러냈다가 다시금 감추기를 반복한다.

클라리사 댈러웨이가 꽃을 사기 위해 걷는 거리는 빅토리아가에서 세인트 제임스 공원, 피커딜리가를 통과해 해처드 서점 앞에서 멈추었다가 본드가에까지 이른다. 본드가에서 누가 보기라도 했다면 그녀는 불쑥 나타난 것 같을 것이다. 오늘 처음이 아니라 꾸준히 꽃을 사기 위해 단골가게를 이용하기 때문에 이 경로는 그녀에게 익숙하다. 그녀의 경로를 구글맵에서 검색해 보면 도보 30분 거리이다. 그 거리에서 끼어드는 일상의 삶과 과거, 우연히 만난 옛 친구 휴 휏브레드와 자동차 타이어의 폭음이 산책 시간을 지연시키긴 했지만, 대부분의 서사에는 클라리사가 걷는 도중에 일어나는 기억과 내면의식이 추가된 것이므로 생각보다 오랜 시간은 아니다. 마주친 휴 휏브레드가 물었다. "안녕하세요. 클라리사! 어디로 가십니까?" 댈러웨이 부인은 말했다. "그냥 런던 거리를 걷는 게 좋아요. 시골길을 걷는 것보다 훨씬 좋아요." 도시의 활기는 전쟁의 우울을 어느 정도 잠재운다. 삶은 이어지고 젊은이들은 질주한다. 상점 진열장의 즐비한 보석들. 그리고 이어지는 공원의 정적. 그녀의 발걸음은 소음과 정적이 이어졌다 끊어졌다 하는 이 런던 거리의 다채로움에 매료되는 듯하다.

클라리사는 현재 자신의 시선에 담기는 사물들에 맞물려 떠올린 과거의 기억을 현재처럼 체험하는 중이다. 그렇다 해도 너무 깊이 침잠해 있지는 않다. 오래전의 기억이 앞에 놓인 현재의 사물을 완전히 빼앗아 가지는 못한다. 그녀는 현재의 삶을 충분히 느끼고 있다. 앓고 난 지 얼마되지 않았다. 앓고 일어나서 그녀가 바라본 삶은 그 자체로 아름답다. 바라보고 느끼는 것. 느낀다는 것은 무엇일까. 느낀 것들이 언어로 변환되었을 때 그녀가 느낀 것이 정확히 표현될까. 그리고 그녀가 느낀 것에 대해 쓴 글을 읽고, 독자가 다시금 이야기해 본다면 그 의미는 정확할까? 방금 나는 느낌이라고 말했지, 사실적 사건이라고 말하지 않았다. 인상파 그림은 점점으로 이루어진 하나의 덩어리지만 희미할지언정 결정된 형체가 보인다. 런던에서 활동하기도 했던 클로드 모네의 수련 연작에서 물빛과 수련은 빛에 흠뻑 젖어 희미하다. {그녀가 클로드 모네의 런던 생활이 궁금해져서 찾아본 바에 따르면, 1870년 프랑코-러시아 전쟁과 파리 폭동으로 프랑스가 파괴되면서, 여러 예술가들이 런던으로 도피했고 모네와 티소, 피사로와 같은 예술가들은 1904년까지 런던에 머물렀다. 런던에서의 경험과 친분은 자신들의 작품세계를 발전시켰을 뿐만 아니라 영국 예술계에도 영향을 미쳤다.} 형체를 알아보려면 몸을 수그려 한 부분을 보아서는 안 된다. 그림에서 멀리 떨어져 천천히 한 바퀴를 돌아야만 비로소 전체가 조망된다. 말 그대로 하나의 인상, 물이고 수련이며, 구름을 사물 그대로의 형체가 아닌, 빛이 개입된, 빛이 침투해 낸, 어른거림을 재현해 낸 것이다.

클라리사의 의식에 흘러내리는 풍경들, 스치는 생각들, 잡념들은 훨씬 더 많은 주의집중을 요구한다. 그러나 마치 가린 베일을 벗겨낼 것 같은 꿰뚫는 시선을 드리운다 해도 이해하기 어렵다. 빠른 속도에, 해치우듯이 어떤 일을 끝낼 목적에만 서

두르는 마음으로는 더욱 알 수 없다. 균질의 마음을 드리워야 이해할 수 있다. 내 마음이 하릴없이 방황할 때의 내면을 생각해 보면 된다. 주로 그 마음을 외면하고 바깥으로, 사람들 속으로 자신을 등 떠미는 것이 보통이다. 우리는 보통 명료하지 않은 것을 참지 못하기 때문이다. 내 감정은 타인을 향해 균질의 한 덩어리여야 하며, 타인의 마음은 나를 향해 투명하게 내비쳐야 한다. 애인의 마음이라면 반드시 내 손에 잡히는 것이어야 하는 것처럼 말이다.

그런데 과연 그런가, 말이다. 타인의 마음은 물론, 나의 마음 또한 뭔가 명확하지가 않다. 조금 더 기울어진 방향으로 움직여 갈 뿐이다. 조금 더 기울어진 방향을 나의 온 마음이라고 여기고 다른 마음들을 물리쳐야 하는 것이다. 그렇지 못할 때 "넌 왜 그렇게 우유부단해?"라거나 "뭐가 그렇게 복잡해?"라는 말을 듣기 일쑤다. 알고 있다. 그런 마음이 드는 건 우유부단해서이고, 복잡하기 때문이라고 규정된다. 그들의 말이 나를 내리누르면서 억압하려 든다. 그러면 나는 좀 더 명료한 사람이 되기 위해 고군분투한다.

그런데도 가슴 한곳을 뚫고 나가는 바람 한 점, 혹은 목에 무언가가 걸린 것만 같다. 한참을 걸려 있는 울증 때문에 사람들 속에 있어도 홀로 있는 느낌이 든다. 바로 그때 **그녀**가 클라리사를 바라본다. 아무렇지 않게 더없이 우아하게 걸어가고 있다.

그녀는 휴 휫브레드와 다정하게 이야기를 나누는 동안에도 그의 아픈 아내를 떠올린다. 휴의 아내 에벌린은 마음의 병을 앓고 있었다. 클라리사는 고향에서 휴 휫브레드와 그리고 피터와 어울리던 시절까지 기억을 옮겨 간다. 피터는 휴를 바보라고 여겼다. 그녀의 젊은 시절은 현재와 끊임없이 교차한다. 어쩌면 치열한 현대인들이 볼 때 나른하고 감상적인 인상을 줄지도 모른다. 그렇다면 버지니아 울프의 소설기법이 굳이 하찮은 단상을 주목하여, 상류계층의 치열하지 않은 삶을 내비친다는 점에서 비난받을 수는 있다. 그러나 그녀가 이 모든 생각을 입 밖으로 꺼내놓는 것은 아니지 않은가. 이제 자신의 마음을 들여다보자. 우리의 삶은 외부의 것들로 형성되고 조건지어진다. 모든 행동에는 목적이 부여되어야 하며, 그것들은 속도 전쟁을 치른다. 빠르고 신속하게 일이 진행되고 끝을 맺는다. 아주 신속한 일처리를 보여 주었다면 칭찬을 받는다. 그렇지 않다면 게으르고 나태한 인간이다.

그러나 클라리사는 자신의 마음을 한번에 말해 주지 않는다. 그녀는 지루하다. 마치 어떤 핵심에 다가가기 위하여 여러 표현을 사용해 보지만, 주변부에서 맴도는 느낌이다. 그래서인지 그녀는 책을 읽을수록 불안해진다. 어디가 되었든 도달해야 하기 때문이다. 그러나 한번에 말하기는 불가능하다. 행복하다고 말했다가, 바로 뒤이어 불행하다고 말한다. 클라리사의 마음이 한

겹이 아닌 것이다. 여러 겹으로 싸여져 어떤 순간에는 앞쪽의 겹이 드러나고 다른 순간에는 그 다음, 혹은 그 다음다음의 겹이 드러난다. 그러한 마음을 이해할 수는 있다 해도 그 마음을 어떻게 언어로 표현해야 할지는 모른다. 책을 읽고 그냥 덮는다면 몰라도 어떻게 그 마음을 내 속에 담고 유지시키며 결정적인 것으로 남길 수 있을까? 만약 그렇게 할 수 있다면, 규명하는 것이며, 규정하는 것이 된다. 규명과 규정은 분명하지 않은 순간의 것들을 환하게 조명하는 일이기는 하다.

아니다. 버지니아 울프는 마음에 대해 다시 덧붙인다. 마음은 "어느 때고 어떤 점에라도 집중할 수 있는 막대한 능력이 있기에 단일한 상태로 존재하지 않는 듯하다". 집중하는 능력을 어디에 쏟아붓는지가 다를 뿐인 것이다. 그녀가 집중하는 것과 버지니아 울프가 집중하는 것이 다른 것이다. 그녀와 버지니아 울프는 서로 다를 뿐이다. 다르기 때문에 그녀가 집중하지 않는 것에 대해 의미를 부여하고 주의를 모으려고 할 뿐이다. 그녀가 중요하다고 여기는 것들은 이미 언어화되어 있으며, 누구나 알고 있는 것들이 아닌가. 버지니아 울프가 "기록되기 전에는 아무 일도 진짜로 일어난 게 아니다"(나이젤 니콜슨, 『버지니아 울프』, 11쪽)라고 한 것도 바로 표상된 사건 뒤에 겹겹이 싸인 다른 속내들이 있음을 드러내는 것이다. 그것들을 언어로 드러낼 때야 비로소 사건이 된다. 중요하지 않은 것도 마침내 중요해지는 것이다.

파티를 준비하기 위하여 길을 나선 순간은 반복적인 일상이겠지만, 소설 시작의 근거점이며 삶의 방점이기도 하다. 버지니아 울프에게는 파티보다 중요한 것이 런던 산책이다. 문을 여는 일은 세상을 열어젖히는 행동이다. 그리고 파티가 있는 날에, 문을 여는 순간 클라리사는 하필 열여덟 살 때 창문을 열던 순간의 기억을 섬광처럼 떠올린다. 기억이 강렬하다는 것은 사건 때문일까, 감정 때문일까. 앞에서도 이야기했듯이, 어떤 것에 반응하는 것은 내면에 남은 인상 때문이다. 내면에 남은 인상과의 충돌에 의해 기억을 파노라마처럼 불러들이는 것이다. 버지니아 울프는 "나는 나 자신에 대해서는 거의 알지 못하고 단지 감각만을 알 뿐"이라고 말하지 않았던가(『존재의 순간들』, 77쪽).

물론 곳곳에서 죽음이 등장하고 암시되지만, 소설 처음부터 앓고 일어난 클라리사의 산책이라는 모티프는 문의 개폐를 통해 죽음과 삶이 동시에 흐르고 있음을 제시한다. 동시에 다시 시작되는 강력한 삶의 욕망을 보여 준다. 물론 새로 시작한다 하더라도 그녀의 인생은 얼마 남지 않았다. 그녀 스스로 그렇게 생각한다. 얼마 남지 않은 그 시간조차 젊을 때의 색채와는 같을 수가 없을 것이다. 그렇다 하더라도 클라리사에게 시작을 알리는 신호음과 같은 것은 파티이다. 가능한 대로의 시작, 타협한 대로의 시작일 것이다. 매년 시작되는 1월 1일에 대한 태도. 그리고 매월 시작되는 1일에 대한 태도는 완전한 시작이 아니다. 그렇게 매듭짓고 받아들여야만 살 수 있기 때문이다. {모든 시작은 결국에는 다만 계속일 뿐이라 하지 않았던가.}

따라서 파티가 열리는 날의 20시간 채 안 되는 하루에 클라리사 댈러웨이의 시작이 담겨 있다. 비록 몇 년 전에 끝난 전쟁의 흔적이 여기저기에 남아 있음에도 불구하고 삶은 눈부시게 계속되고 있다는 그 다행스러움에는 동시에 잔혹함의 복잡하고 미묘한 맥락이 교차한다. 그녀는 질문한다. 무엇을 꿈꾸는 것일까? 무엇을 되찾으려 하는 걸까? 클라리사가 6월의 아침에 온몸으로 느끼는 것들이다. 이렇게 저렇게 얼룩진 상처와 기억은 마음대로 잊히지 않는다. 어떻게든 매순간마다 소환되어 마음을 어지럽히지만 살아 있으므로 다시 살아내야 한다. 그러기 위해서는 언제나 용기와 인내를 필요로 한다.

더 이상 두려워 마라,
태양의 뜨거움을,
또한 광폭한 겨울의 사나움을.

이것은 추스르고 일어서기 위한 주문이다. 마찬가지로 파티는 클라리사가 삶을 다시 살아내기 위한 자양분이다. 파티는 정말로 삶에 속한 것이기 때문이다.

런던 내부로, 내부로

클라리사의 오십 인생이 하필 열여덟 살 때와 마주하는 것
도 같은 이유이다. 인생주기로 한다면 핵심이라 할 수 있을 20
대에서 40대까지가 비어 있고, 1889년 열여덟 살의 6월만 있는
것은 그때 그녀의 인생이 현재의 인생을 반영하기 때문이다.
어찌 보면 그때가 시작이었고, 그에 따른 잠정적인 삶의 결과
물이 지금인 셈이다. 그녀는 '다시 살 수 있다면 다른 인생을 살
수 있으리라'고 생각한다. 그것은 선택하지 않은 다른 삶에 대
한 회한만은 아닐 것이다. 그렇게 단순하지가 않다. 그렇게 단
순하지만은 않으리라는 그녀의 생각 때문에 어쩌면 단순하지
않은 것이 된 것일 수 있다. 읽는 사람이 문제 삼는다는 것, 그
때 비로소 문제가 된다. 그리고 그것이 독서활동이다.

피터와 전혀 다른 리처드 댈러웨이를 선택하고 댈러웨이 부
인, 그 이상이 되지 않았던 자신의 삶에 대해 클라리사는 잘한
일이며 최선이라고 생각한다. 그런데도 그 어조는 마치 다짐처
럼 들린다. '댈러웨이 부인, 그 이상이 되지 않았던 자신의 삶'
은 많은 여성들이 삶을 회고하는 방식이다. 다른 어떤 나은 선
택을 확신하지 못하는 데 대한 체념이거나 마른 슬픔이 스며들

때 드는 생각이다. '마른 슬픔'이라니. 슬픔마저 세월 속에 생기를 잃고 푸석푸석해졌다는 뜻이지만, 그렇기 때문에 정작 본인보다 그 표현을 듣는 사람에게는 더욱 생생한 슬픔이 느껴진다. '왜 그(피터)와 결혼하지 않기로 했는지 의아할 지경'이었다가 '자신이 그의 청혼을 거절했던 건 얼마나 다행인가!'에 이어 '그와 결혼했더라면, 이런 황홀한 즐거움은 하루 내내 나의 것이었을 텐데!'라는 클라리사 댈러웨이의 생각은 앞에서 말한 것처럼 여러 겹으로 된 그녀의 마음을 보여 준다. 따라서 '다시 살 수 있다면'이라고 생각하는 것은 열여덟 살에 인생 전반에 영향을 줄 배우자를 선택한 사건과 오버랩이 되면서도, '다시 살 수 있다면'은 선택하지 않았던 피터 월시와의 결혼에 생각이 이르도록 만든다.

피터는 늘 클라리사를 비난했고 다툼이 이어졌다. 그리고 피터가 그녀의 모든 속임수를 꿰뚫어보았기 때문에 클라리사는 숨이 막혔다. 결혼해서 매일 같은 집에 사는 사람들은 서로에게 약간의 자유와 독립을 허용해야 한다. 피터는 클라리사와 모든 것을 공유해야 했기에, 자유와 독립을 용납하지 않았을 것이다. 여기까지만 보면 피터와 결혼하지 않은 것은 잘한 일 같다. 그런데 바로 그 약간의 자유와 독립을 허용하는 삶을 가능하게 한 리처드는 왠지 무심하게 느껴진다. 그녀가 앓고 난 후 방해받지 않고 편하게 취침하라는 배려의 차원에서 클라리사를 2층 다락방에서 혼자 지내게 한 리처드였다. 물론 남편의 결정에 클라리사도 동의했다. 남편의 있는 그대로의 배려를 마다할 수는 없을 터였다. 그러나 화자는 '그녀의 삶의 중심은 한가운데가 텅 빈, 다락방에 놓여 있었다'고 서술한다. '한가운데가 텅 빈'이라는 어조는 분명 부정적이다. 짐을 쌓아 두기 위한 다락방은 빈 공간으로 '아무도 머물지 않는 곳'이다. 보통은 아무도 거하지 않는 장소에서 클라리사가 지내게 되었으며, 그녀에겐 시트가 팽팽하게 펴진 좁은 침대만 남아 있다.

이 방의 상징을 굳이 소외, 고립, 고독이라고 말하지 않더라도 독자는 이미 우울한 시선을 던질 것이다. 텅 빈 방은 여성성이 빠져나간 몸과 내면으로 드리우는 늙음, 죽음이 내비치기 때문이다. 시트가 팽팽하게 펴진 좁은 침대는 섹스리스의 상태를 나타낸다. 클라리사가 '신경 쓰지 말고' 잠을 잘 수 있도록 리처드는 다락방으로 그녀를 보냈으나 좁은 침대를 쓰게 되면서 클라리사는 오히려 잠을 더 잘 수가 없었다. 따라서 누워책을 읽기 시작했다. 그녀는 남편의 늦은 귀가 때문에 잠을 못자는 것이 아니라 다락방의 좁은 침대로 옮겼기 때문에 제대로 된 잠을 잘 수가 없었다. 클라리사를 배려한 이와 같은 리처드의 결정은 분명 클라리사를 보호하기 위한 것이었지만, 궁극적으로는 클라리사를 더욱 외롭게 만드는 의도하지 않은 폭력으로 작용했다. 클라리사는 집안에서 방안으로, 그리고 다시금 무덤 같은 다락방으로 옮겨가면서 세상과는 멀어지고 협소해져 갔다. {클라리사가 남편과 함께 브루턴 부인의 오찬 파티에 초대받지 못한 것은 병세 때문이었지만, 남편과 브루턴 부인의 배려 바로 옆 자리에 나란히 공존하는 배제는 그녀를 실망감에 빠지게 했고 그녀가 머무는 방의 크기만큼이나 그녀의 기분을 옹색하게 만들었다, 고 그녀가 낮은 소리로 중얼거린다.}

더 이상 두려워 말라.

문학적이지 않기 때문에 섬세하지 못한 리처드의 장점은 피터처럼 쓸데없는 감정들에 빠지지 않고 큼직큼직한 일들을 해내는 능력에 있다. 의사의 말을 곧이곧대로 받아들여서 클라리사를 돌보는 리처드의 태도는 열여덟 살의 클라리사를 끌리게 했다. 그때 리처드 댈러웨이는 클라리사에게 맨 처음 위컴 씨로 불렸다. 누군가가 데려온 그의 성을 클라리사가 잘못 들은 것이다. {아는 척하듯이 그녀는 조지 위컴을 떠올렸다. 수많은 위컴이 있지만, 알려져 있는 유명한 위컴은 제인 오스틴의 『오만과 편견』에 나오는 조지 위컴이다. 다아시의 여동생 조지아나를 유혹하여 재산을 뺏으려 했으며, 실패하자 다시금 돈을 노리고 엘리자베스의 동생 리디아를 유혹하여 도피행각을 벌이는 인물이다. 사실 이런 위컴을 떠올린 것도 리처드의 반응 때문이다.] 리처드는 자신의 이름을 무뚝뚝하게 정정하면서 "저는 댈러웨이예요"라고 말할 뿐이었다. '무뚝뚝'이라는 것도 추측일 뿐이다. 이러한 독서의 소소한 즐거움이 정작 소설 속에서는 더 이상 드러나지 않는다. 단지 감수성 많고 문학적인 피터 월시와 달리 장차 국가의 행정가 일을 맡아 할 인물이었다는 서술 때문에 추측 가능하다. 리처드 댈러웨이는 셰익스피어의 소네트 내용을 불손하다고 비난한 인물이기 때문이다. 그런 그가 클라리사와 결혼하게 될 것이라는 불길한 예감을 한 것은 피터뿐이었다. 그런데 지금 클라리사는 완전히 행복할 수 없는 기분에 빠진다. 그녀는 어째서 피터 월시를 선택하지 않았을까?

매일 같은 집에 사는 사람들이 서로에게 약간의 자유와 독립을 허용해야 한다는 측면에서 리처드와 클라리사와의 관계는 성공적이었다. 그와 반대로 모든 것을 함께해야만 했던 피터와 헤어진 대가는 클라리사로 하여금 몇 년을 가슴에 화살이 꽂힌 듯 슬픔과 괴로움을 안고 지내게 하는 것이었다. 리처드와의 결혼에서 클라리사의 섬세한 감수성은 자동적으로 배제되었다. 그렇다고 그것이 반드시 그녀를 불행하게 만드는 요소라고 할 수도 없다. 클라리사는 피터와 무엇이든 공유해야 한다는 것을 참을 수가 없었고, 그런 두 사람이 함께했다면 둘 다 파멸했을 것이었다. 이 또한 클라리사를 해설하는 화자의 추측이다. 그렇다면 클라리사가 '다시 살 수 있다면'이라고 했을 때 알수 있는 것은 아무것도 없다. 그녀가 원하는 것조차 명료하지 않기 때문이다. '다시 살 수 있다면'의 뒤에 쓰였을 내용은 그저 괄호에 지나지 않는다.

픽션 밖에서 1

클라리사는 소설 속의 피터와 미스 킬먼뿐만 아니라, 소설 밖 실제 버지니아 울프의 친구들로부터도 그리 호평을 받지 못했다. 이러한 사실은 어쩌면 클라리사를 버지니아 울프와 동일시하려는 독자를 방해할 것이다. 클라리사는 파티만을 신경 쓰고 꽃을 사러 가는 속물적인 면모와 동시에 냉정함을 지닌 상류 사교계 여자이며, 사귀기 힘들고 까다로운 인물이다. 그런데 평소 상류 사교계 여자들을 비웃었던 버지니아 울프가 클라리사를 옹호한 것이 친구들을 의아하게 했다. 그러나 클라리사역시 여타 사람들과 마찬가지로 고통을 겪고 있다. 그녀는 이성과의 열정적인 사랑을 할 수 있는 능력이 상실되어 있으며, 동생 실비아를 잃었고, 인플루엔자를 심하게 앓았다. 병을 앓고 나서는 다락방의 좁은 침대에서 홀로 잠을 자고 있으며, 또한 죽음을 인식할 만큼 늙었다. 이런 몇 가지 중요한 사실들은 버지니아 울프와 닮은 데가 있다. 죽음에 대한 깊은 인식과 거리 산책은 버지니아 울프의 떼어놓을 수 없는 죽음과 삶을 밀착시킨 요소들이다.

그러나 버지니아 울프는 작가와 주인공을 동일시하는 공감에 대해 우려를 표했다. 그녀는 작가의 개인적인 고통을 이용하여 작품을 쓰는 것이 끔찍하다고 하면서, 상상력은 그것이 가장 일반화될 때 최고로 자유롭다고 했다. 또한 '상상력은 공감을 요구하는 특별한 경우를 고려하도록 제한될 때는 실질적인 매력과 힘을 잃게 되며, 시시하고 개인적인 것이 된다'고도 했다. 특히 소설읽기가 작가의 얼굴을 발견하는 수수께끼를 풀어야 하는 기술적인 게임인 양 작가와 인물의 유사성을 벗겨내며 재미를 느끼는 것에 대해 비판적이었다. 위대한 소설가란 그의 등장인물들 안팎을 넘나들며 우리 모두에게 공통되는 것으로 보이는 요소로 등장인물들을 가득 채우지만, 그렇지 않은 소설가는 고독하고 자기중심적이며 외따로 있다는 것이다(『버지니아 울프 문학 에세이』, 250쪽). 소설가야말로 서재에 틀어박힌 소수의 특별한 존재가 아니라 창밖으로 보이는 거리를 걸어 다니는 이름을 알 수 없는 수많은 사람들 중의 한 명이라는 사실을 명백하게 보여 주는 말이다.

그녀의 소설을 읽으면서 단지 버지니아 울프의 생애와 유사한 점만을 띄엄띄엄 찾아내는 독서방식은 물리치는 것이 좋다. 그렇다 해도 버지니아 울프의 소설에서 독자가 그녀의 흔적을 찾아내는 것이 울프의 탓이 아니라는 것은 아니다. '탓'이라고 말한 것은 과장된 표현일 수 있지만, 『가난한 문인들의 거리』, 『꿈꾸는 문인들의 거리』의 작가 조지 기싱에 대해 그녀는 "작품에 나타난 허구적 인물들의 삶에 의해 희미하게 덮여 있는 작가의 삶을 알게 되는 불완전한 소설가들 중의 하나"라고 지적하면서, 그런 작가와 우리는 예술적이라기보다 개인적인 관계를 수립하며, 그들의 작품에 의해서만큼이나 그 작가들의 삶을 통해서 그들에게 접근한다고 썼다(『버니지아 울프 문학 에세이』, 244~245쪽).

버니지아 울프야말로 주변의 실제인물들을 낱낱이 작품 속으로 기입한 작가이다. 그녀의 아버지, 어머니가 『등대로』에서 고스란히 드러나는 것에서도 알 수 있다. 독자는 램지 씨와 램지 부인의 관계에서 바로 버지니아 울프의 부모님과 마주하게 되는 것이다. 그런데 소설 속의 또 한 사람, 릴리 브리스코 때문에 소설은 전혀 다른 지점들을 통과해 나간다. 릴리 브리스코는 버지니아 울프가 품은 아버지, 어머니에 대한 감정, 특히 여성으로서의 어머니의 삶에 대한 저항을 독특하게 풀어나가는 인물이다. 바로 이 점이 버지니아 울프의 소설을 버지니아 울프의 실제 삶을 묘사하는 것, 그 이상의 탈구(脫句)임을 알 수 있게 해준다.

장갑·꽃·연필

버지니아 울프의 가장 큰 즐거움 중의 하나는 앞에서도 밝혔듯이 '출몰'에 가까운 '거리 배회'였다. 한국어 번역이 되어 있는 그녀의 에세이 「거리 배회」의 원제는 "Street Haunting"으로, 사전적 의미는 '거리 출몰'이다(이 글에서는 「거리 출몰」이라 부르기로 한다). 출몰은 배회와는 좀 다르다. 국어사전에서 출몰이 '어떤 현상이나 대상이 나타났다 사라졌다 하는 것'이라고 해석된다면, 배회는 '아무 목적도 없이 어떤 곳을 중심으로 어슬렁거리며 이리저리 돌아다니는 것'을 일컫는다. '배회'와 다른 점은 출몰의 환상적이고 픽션적인 면모 때문이다. 이 에세이에서 화자는 연필 한 자루를 사겠다는 목적으로 거리로 나선다. 연필 하나를 갖고 싶다는 욕망이 간절해지는 상황들은 연필에 대한 욕망 너머, 밖으로 나가고 싶은 하나의 핑계이다. "난 정말이지 지금 당장 연필 하나가 꼭 필요해"라고 자기 합리화하는 목소리가 들린다. 지금의 우리에겐 의아한 생각일 수 있다. 그런데 또 잘 생각해 보면, 비슷한 순간이 있다. 혼자 하릴없이 거리로 나가는 것, 혼자서 영화를 보고, 차를 마시는 것을 어색하게 여기는 다수의 사람들이 있다. 그들은 의도적인 결심이 필요하다.

당시 런던 도시가 여성에게 위험한 곳이었다는 것을 배제하고 생각하더라도, 우리는 어떤 '목적'에 부응하는 행동을 하는 데에 익숙해져 있다. 행위마다 따라붙는 의미화라고 불러도 좋을 것이다. 할 일 없이 그냥 길을 나서는 것, 특히 목적지 없이 길을 나서는 것은 왠지 타인에 대한 의식 때문에도 불편해진다. 다른 사람들은 혼자 길을 걷는 그녀를 의아하게, 혹은 호기심을 가지고 쳐다보는 것만 같다. 이런 생각이 들면 그녀의 손발에서는 부자연스러운 움직임이 나타나곤 한다. 그럼에도 불구하고 밖을 기웃거리게 된다. 일단 그런 마음이 들면, 더 이상 집안에 있는 것도 평화롭지 않다. 나갈 만한 구실을 계속해서 찾느라 결국 집안에서 머무는 것이 더 불안해지고 만다. 결심한 마음이 있는가 하면, 들락거리는 마음이 있다. 어느 날은 처음부터 아예 나갈 생각도 없이 한 몸처럼 집에 붙어 버린다. 다른 어느 날은 아침부터 왠지 정처 없고 불안하다. 나갈까 말까를 고민하는 순간부터 집에 머물면서도 이미 마음은 서성거리게 된다. 그리고 어떻게 해서든 나갈 이유, 목적을 찾는다. "난 정말이지 지금 당장 연필 하나가 꼭 필요해"처럼 말이다. 클라리사 댈러웨이는 파티를 위한 꽃이 필요했으며, 「본드가의 댈러웨이 부인」에서 댈러웨이 부인은 장갑이 필요했다.

「본드가의 댈러웨이 부인」은 『댈러웨이 부인』의 초안이 된 단편이다. 거의 대부분이 겹치는 이야기지만, 주제와 상징을 눈여겨보다가는 낭패를 볼 수밖에 없다. 장갑이라는 사물 하나조차 세계대전 이전과 이후의 차이를 불러온다. 상점에서 전쟁 전에 보았던 장갑을 찾는 여자와 전쟁이 끝나고 장갑의 질이 좋아졌다고 말하는 여점원. 「거리 출몰」의 연필을 사러 나가는 여자나 장갑을 사러 가는 본드가의 댈러웨이 부인이나 꽃을 사러 가는 댈러웨이 부인은 모두 그 목적들 속으로 치밀하게 배어드는 런던의 삶을 눈여겨본다. 무심한 듯 사람을 쳐다보며 그들의 목소리에 귀를 기울인다. 그리고 사소하게 오가는 대화 속에서 상대의 기분까지 읽어낸다. 장갑을 파는 상점 여점원의 슬픔. 전쟁 전에 팔던 장갑을 찾는 서글픈 표정의 다른 손님. 본드가의 댈러웨이 부인은 도시 자체의 슬픔을 본다. 전쟁은 개개인으로 상실을 가져다주었다. 젊은이들의 목숨을 앗아 갔으며 심신이 약한 사람들이 마음의 병을 얻게 만들었다. 정작 국가만이 자신이 뭘 잃어버렸는지 모르고 있다.

버지니아 울프에게 '거리 출몰'은 글쓰기 작업과 연관된다. 그녀에게 글쓰기와 걷기는 가지 않은 곳에 대한 모험이며 갇힌 시선의 맹목과 한계를 자각하는 일이었다. 거리를 걷는 일은 그녀에게 그 자체로 글을 쓰는 데 영감을 주었을 뿐만 아니라 우울할 때 위안을 주었다. 1934년의 기운 없는 순간에 그녀는 다음과 같이 썼다.

나는 너무 흥해. 너무 늙었어. 자, 그것에 대해 생각하지 말고,

런던 도처를 걷자. 사람들을 보고 그들의 삶을 상상하자.

『댈러웨이 부인』은 1925년에 출간되었지만 소설에서 52세의 클라리사가 느끼는 감정들은 9년 뒤인 1934년 버지니아 울프의 감정과 일치한다. 1882년생인 버지니아 울프는 1934년에 52세를 맞았다. 43세의 버지니아 울프가 52세의 클라리사를 헤아린 것이다.

무엇보다 자신의 속물근성과 냉정함에 대해 다른 사람들의 비판을 잘 알고 있기 때문에 클라리사는 자신을 평가할 때 그들의 비판까지 고려한다. 이런 고통에도 불구하고 파티를 열 만큼 삶을 즐긴다는 사실이 버지니아 울프가 클라리사를 옹호한다면 옹호하는 이유이다. 그런데 어째서 '파티'인가? 하필 파티에 그녀가 온 정성을 들이는 것은 무엇 때문일까? 앞에서 추측한 것처럼 파티는 정말로 삶에 속하는 것이지만, 그렇다 해도 삶에 속하는 것이 파티만 있는 것은 아니다. 다락방으로 고립되어 쓸쓸한 클라리사는 사람들로부터 주목받고 싶었던 것이 아니었을까?

{그녀는 책을 읽다가 의구심이 생겨 고개를 들고 집안을 가득 채우고 있는 빛 속에 얼굴을 묻는다. 계속해서 뿜어져 들어오는 열기에 생각은 느려지고 행동은 무력해진다. 책상 위에 놓여 있는 사물들은 얼마 전까지 시야에 비치던 것과 동일한

사물들이 아니다. 뿌리식물처럼 무겁게 내려앉아 마치 원래부터 책상에서 자라난 것처럼 딱 붙어 있다. 그것들을 치울 엄두도 못 내고, 대신 열어 둔 창밖으로 시선을 돌린다. 미세하게 움직이는 나뭇잎들로 인해 바람의 흔적만을 보일 뿐이다. 귀와 마음은 그 어느 때보다 열려 있다. 열려 있다는 것은 예민함과 고통스러움을 동반한다. 사소한 것들의 부분 하나하나까지 느낄 수 있기 때문이다. 그것들은 대충 스쳐가지 않고 하나씩 하나씩 연달아 덮쳐오기 때문에 결국에는 내 앞에서 소음이자 잡념의 큰 덩어리로 부풀어져 한꺼번에 내 쪽으로 투척되는 것만 같다. 매순간 소음이자 잡념의 덩어리들과 싸워야 한다. 다가올 때마다 옆으로 비켜서거나, 그대로 온몸으로 안고 있으면서 여름 한철 치열하게 견뎌 내야만 했다.}

　버지니아 울프의 작품 중에서 『댈러웨이 부인』을 첫 번째 독서목록으로 선택한 것은 의도적으로, 점점 시적이고 난해해져 가는 그녀의 작품 스타일의 순서를 반영한 것이다. 또한 이 책의 중심 주제이기도 한 '산책'을, 특히 클라리사로부터 주요 인물들의 런던 산책을 통한 사적인 사유 활동이 일어난다는 점 때문이다. 그리고 무엇보다 클라리사 댈러웨이의 어떤 특정 부분이 버지니아 울프의 내적 독백에 가 닿아 있기 때문이다. 그녀는 늘 몸이 아팠고, 거식증에 시달렸으며, 자살하였다. 생애

만으로 충분히 모험적이다. 중심인물 클라리사 댈러웨이가 "하루를 살아내는 것도 대단히, 대단히 위험한 모험 같았다"고 한 것은 우리 모두의 심정일 것이다. 지금에 와서 그녀의 소설을 읽자니 소설 전체에 흐르는 존재의 순간들에 대한 부서지는 심상들 때문에 전혀 다르게 읽힌다. 오래전에는 그녀의 소설을 제대로 읽었다고 말할 수 없다. 아니, 어쩌면 그 알 수 없는 막연하고 답답한 마음들이 언어화될 수 있다는 것에 감탄했었을 수는 있다. 버지니아 울프는 독서가 "거리 출몰처럼 어느 정도는 수동적이어서, 당신은 당신이 보는 것이 되고, 또 일부는 능동적이고, 활기차고, 평정을 어지럽힌다"(허마이오니 리, 『버지니아 울프 2』, 803쪽)고 했다.

당신은 당신이 보는 것이 되기도 하지만 그럼에도 불구하고 문학의 힘은 '수동적'이 되어 버리는 것을 간과하지 않고 '수동적'으로 읽히는 것을 참지 않는 데에 있다.

문학이라는 본체가 우리에게 스스로를 부과할 수 있는 힘이 얼마나 큰지를 안다. 그것이 어떻게 수동적으로 읽히는 것을 **참지 않으며** 우리를 사로잡고 우리를 읽고, 우리의 예상들을 경멸하고, 우리가 습관적으로 당연시하는 원칙들에 의문을 제기하고, 사실 우리가 읽을 때 우리를 두 부분으로 나눠서 우리가 즐길 때조차도 우리가 우리의 영역을 양보하고 우리

의 입장을 견지하게 하는지 말이다. (『버지니아 울프 2』, 803쪽)

　버지니아 울프가 이야기하는 소설 형식을 제대로 보기 위해서는 이미지로 생산된 영화 「디 아워스」(세월)와 「댈러웨이 부인」, 그리고 여러 서평들의 관점을 밀쳐내고 다시 텍스트를 읽어야 한다. 그 어떤 비평도 소설을 읽어 내면서 구축하는 의미화과정보다 뛰어나지 않다. 어떤 선입견이나 참고서적 같은 사실적 정보가 아닌, 버지니아 울프를 책으로 쓰는 이유가 되었던 모티프에만 집중하기로 하였다. 물론 영어와 한글 사이의 간극이 있다. 영어 단어 그 자체가 가진 리듬감에도 불구하고, 번역을 통해 리듬감이 사라진 후에도 언어 자체에 대한 감탄을 멈출 수가 없다. 인물들의 경험과 사건은 고통스러운 것에 가깝지만, 그것을 서술해 내는 방식은 고통에 잠식되는 대신 건너다보는 식이다. 상처가 아닌 것이 아니다. 마음은 얼룩지고 회한에 찬다.

　더 이상 두려워 마라,
　태양의 뜨거움을,
　또한 광폭한 겨울의 사나움을.

　이 시를 조그맣게 소리 내어 읽으면, 마치 두려움이 사라지는 듯하다. 그리고 사건 자체보다 그 사건을 둘러싸고 확장되는 생각의 흐름으로 이어지는 서술의 매력에 빠져들게 한다. 속도감에 취해 있던 두 다리의 속도뿐 아니라 마음의 속도까지 느려진다. 몸은 앞으로 숙여지는 것이 아니라 자꾸만 뒤로 당겨진다. 멈추게 되고 밖을 내다보게 된다. 풍경은 멈춰 있는 것이 아니라 유동적으로 바뀐다. 계절은 바뀌고 똑같은 모습이 아니라 익어 가고 나이를 먹는다. 소설 밖의 삶과 소설 속의 삶이 줄곧 이어진다. 그녀는 소설의 속도대로 소설 밖을 살아가는 기분에 빠져든다. 늙어 버린 기분마저 든다. 많은 것이 삶에서 과거형이 된 52세의 클라리사가 된 기분이다.

그녀가 지내온 과거가 클라리사만큼 많지는 않다. 좀 더 가볍고, 좀 더 기회가 많다. 그리고 시공간마저 다르다. 무엇을 포기하거나 인정한다는 것은 다르리라. 그녀는 어떤 상황을 인정하는 것이 어렵다. 받아들이는 과정은 스스로를 향한 설득과 인내를 요구한다. 차라리 포기하기가 쉬운 것은 그런 이유에서다. 사람에 대해서도, 일에 대해서도 상황을 고스란히 겪어 내기 전에 포기해야 상처가 깊어지지 않는다고 믿는다. 클라리사는 모든 것을 겪으면서 위험한 우회나 포기를 감내하지 않았다. 피터를 선택하지 않은 데에 대한 대가를 혹독하게 치르면서도 결혼을 포기하지 않았다. '혹독'은 적합하지 않은 단어일 것이다, 라고 그녀는 생각한다. 43세의 버지니아 울프는 이미 사랑을 고독한 것으로 전망했던 것이다.

클라리사의 느낌과 내용은 촉촉이 그녀의 정신에 스며들었지만, 이것을 말한다는 것은 정리한다는 것이며, 주제든, 인물이든, 스타일이든 어떤 식으로든 정의를 내리는 것이다. 어떤 것은 과장되게 표현될 것이고 어떤 것은 중요하지 않다는 듯 누락될 것이다. 누군가의 말은 중요한 것일 수도 아닐 수도 있다. 그것을 어떻게 결정할 것인가. 그러므로 하나의 바다에서 건져 올린 고기들은 각기 전혀 다를 수 있다. 각자가 다른 종류의 독자들이기 때문이다. 또한 지금 그녀가 있는 곳은 버지니아 울프의 시대와 공간으로부터 아주 멀리 벗어나 있다. 그렇다 해도 책의 부름에 동의한 이상 상이한 세계에 있는 그녀는 저자가 마련한 바로 그 장소 안으로 미끄러져 들어갈 수 있다.

분장, 가면

거울 속을 바라보며 클라리사는 입술을 오므렸다. 그러면 날카롭고 화살같이 뾰족하고, 명확한 모습이 되었다. 그 모습은 자신의 바람을 그러모은 모습이었다. 들끓는 감정 따위는 보이지 않도록 자신을 만들어야 한다. {그녀 또한 입술을 모아 본다. 그 순간 조지를 떠올렸다.} 조지 또한 거울을 들여다보고 또 들여다본다. 그 얼굴 안에 수많은 얼굴이 보인다. 어린아이의 얼굴과 소년의 얼굴, 젊은이의 얼굴, 그리고 그리 젊지만은 않은 얼굴이 동시에 보인다. 조지는 크리스토퍼 이셔우드의 『싱글맨』의 주인공이다. 크리스토퍼 이셔우드는 울프 부부가 주도했던 모임에 드나든 인물이었다. 울프 부부는 전쟁에서 많은 친구들과 친척들을 잃었다. 전쟁의 우울을 조금이라도 잊기 위해서는 떠들썩한 분위기가 필요했던 듯하다. 따라서 그들은 의도적으로 자주 모임을 가졌다. 이들 중에 서머싯 몸과 크리스토퍼 이셔우드도 포함되어 있었다. 서머싯 몸은 버지니아 울프에게 그를 가리키며 "저 젊은이가 영국소설의 미래를 손에 쥐고 있지요"(니콜슨, 『버지니아 울프』, 242쪽)라고 말했다.

조지는 바라보고 또 바라본다. 입술이 벌어진다. 입으로 숨을 쉰다. 그러다가 대뇌가 조급히 명령한다. 세수하고, 면도하고, 머리를 빗으라고. 드러난 것을 가려야 한다. 옷으로 가려야 한다. 밖으로, 다른 사람들의 세상으로 가야 하니까. 그리고 그 다른 사람들이 이 얼굴을 알아볼 수 있어야 하니까. 이 육신의 행동도 받아들일 수 있어야 하니까. (크리스토퍼 이셔우드, 『싱글맨』, 9쪽)

조지가 된다는 것은 무엇일까? 그것은 조지가 원하는 것과는 다르다. 사람들이 받아들일 준비가 되어 있는 그 조지가 되어야 하는 것이다. 그러려면, 분장을 해야 한다. 궁지에 빠진 오십팔 세의 뒤죽박죽이 된 듯한 얼굴에 가면이 필요한 것이다. 출근 전까지 매끈하고 점잖은 교수의 모습이 완성되어야 한다. 클라리사가 거울을 바라보며 입술을 오므리는 부분은 그대로 거울 앞에 선 조지로 옮겨 간다. 조지의 분장은 우리의 일상이기도 하다. 깨어나는 순간 마치 죽어 있던 수면의 상태를 몸서리치듯 밀어내고 삶의 이쪽으로 힘차게 건너오는 것만 같다. 가위에 눌렸다 겨우 깨어나는 느낌처럼 말이다. 눈을 떴을 때 앞에 보이는 사물들과의 조우는 낯선 익숙함 그 자체이다. 낯설지만 동떨어지지 않은, 자동적으로 움직임을 고려한 배치상태의 사물들이다. 어색하게 현실세계에 한 발을 들여 놓으면 헝클어지고 푸석거린다. (마치 죽음에서 돌아온 사람처럼 그녀의 몸이 삶에는 맞지 않는 듯 느껴진다. 거울에 비친 자신의 모습이 그녀로서도 이상해 보이는 순간이다. 그녀는 그녀로 받아들여질 수 있는 범주까지, 그녀라고 인식될 만한 완벽한 모습이 될 때까지 분장을 해야 한다.)

클라리사가 거울을 보는 순간의 아침은 모든 지난 아침들의 무게까지 실려 있다. 그녀는 온힘을 끌어모아 늙은 자신이 쓸모 있는 존재임을 부각시키려 한다. 세상에 보이는 그녀의 모습은 언제라도 만남의 장소를 제공하고, 지루한 삶을 사는 사람들에게 찬란한 빛을 제공하고, 외로운 사람들에게 피난처를 제공하는 존재였다. 자신의 도움을 받는 젊은이들에게 한결같은 모습을 보이려 했으며, 결점이나 질투심, 허영 같은 것은 보이지 않았다. 오찬 파티에 초대받지 못했을 때 가졌던 그런 감정 따위는 비열하다고 떨쳐 버렸다. 그래야만 남들이 아는 댈러웨이 부인인 것이다.

{어떤 날의 오후. 특히 햇볕이 세상 곳곳에 내리비치는 때. 바람도 잦아들고 모든 사물들은 정지상태에 놓여 있다. 나른하고 권태로워지는 찰나에 세상은 가장 현실감이 없다. 홀로, 글을 쓰는 순간의 고독이 꽉 채워진 대기의 밀도가 묵직하게 내려앉는 순간이다.}

헛짚기

클라리사는 피터의 호감을 사고 싶었기 때문에 그와 언제나 말다툼을 했다. 피터는 이것이 클라리사와의 사이에 있었던 무언의 대화, 그가 클라리사의 속을 꿰뚫어 볼 수 있는 능력 때문이었다고 기억한다. 그러나 자신이 얼마나 양립할 수 없는 부분들로 이루어진 존재인지는 그녀 자신만이 알고 있었다. 자신의 결점, 질투심, 허영 같은 것은 밖으로 드러내지 않았으므로, 사람들은 그녀를 장소든, 기회든 '제공하는 존재'로 알고 있었다. 그러나 드러내지 않는 부분을 피터는 속속들이 알고 있었다. 그것이 견딜 수 없었을 뿐이지 클라리사는 피터를 사랑했다. 그는 매력적이고 영리하며 매사에 자기만의 의견이 있던 남자였다.

> 만일 그가 지금 나와 함께 있다면 무슨 말을 할까? 지나간 날들, 지나간 풍경들이 조용히 떠올랐다. 그 옛날에 느꼈던 쓰라림은 사라졌지만. 그런 쓰라림은 아마 사람을 사랑한 대가일 것이다. (『댈러웨이 부인』, 13쪽)

그러나 사랑이 그를 파괴시켰다. 클라리사를 화나게 한 것은 그가 저속하고 천박하고 평범하기 짝이 없는 여자들만 사랑했다는 점이다. 그러나 클라리사의 이런 기억은 피터에게는 불공평하다. 그는 다르게 말한다. 그리고 클라리사는 이미 오래전에 "어떻게 서로를 제대로 알 수 있겠어?"라고 말하지 않았던가. 그녀는 이미 답을 가지고 있었다. "자기가 사람들을 잘 알지 못하고 사람들도 자기를 제대로 알지 못하는" 것인데 말이다. "우리가 자신으로부터 볼 수 있는 모든 것은 자투리이고 파편이며 단편이다"(모리스 블랑쇼, 『도래할 책』, 199쪽). 각자의 기억은 제각각이고 소설은 그 기억들을 여기저기 심어 놓았다. 단선적으로만 이어지지는 않는 생각들은 여기저기로 뻗어나가 나무에도 걸리고 하늘에도 걸린다. 사물을 바라볼 때 사물에 얹히는 것은 바라보는 사람의 생각과 기억이다. 그리고 어떤 사물은 한 사람에게조차도 매번 동일하게 비칠 수 없다. (훤히 알고 있다고 생각했던 이 작품을 연속 세 번을 읽은 후에야 다른 것들이 보이기 시작했다.)

그것들은 항상 그곳에 있었다. 보지 못했거나 간과했을 조각 그림처럼 여기저기 놓여 있었다. 왜소하게 존재하지만 여기저기로 뻗어나가 그림자를 드리운다. 버지니아 울프의 독서표현에 따르자면 다른 길들, 골목길과 옆길이 나타나는 것이다. 그 길들은 나타났다가는 이내 사라진다. 놓친 길들을 붙이기 위해 책의 앞쪽과 뒤쪽을 오가야 그 길이 희미하게 다시 나타난다. 희미한 길. 희미한 형체는 그 위에 어떤 다른 길이 생성되어 지워진 도로표식과도 같다. 없지만 없었다고 할 수 없는, 있었지만 더는 있지 않은 것들의 흔적. 지금의 클라리사는, 셉티머스는, 피터는, 조지는 그렇게 흔적을 감추고 분장하면서 아무렇지 않은 듯 세월을 덮고 있다. 그렇게 덮고 있지만, 이미 강력하게 자라나서 그들의 마음속에 각인되어 있다.

이런 스타일의 이 소설을 충분히 만끽했다고, 좋았다고 이야기하려면 어떻게 해야 할까. 여기저기 새로운 방들, 혹은 거리들이 있다. 줄거리를 이야기하면, 결국 아무 이야기도 전달할 수 없다. 문장의 단편적인 의미를 짚어낸다는 것이 무슨 의미가 있을까? 그것은 경험 많은 독자가 가장 먼저 건져 낼 즐거움이다. 이 소설에는 주옥같은 문장들이 많다. 굳이 주석을 달 필요는 없으리라. 그렇다면 전체를 조망할 수 있을까. 기억을 빼고, 속엣말을 빼고, 중복되는 말들을 뺀 후 이 파편적인 이야기들을 조합한다면 아무것도 남지 않을 것이다. 버지니아 울프가 말했다. "아무것도 증명되지 않고, 아무것도 알 수 없다."

현대소설은 미미하고 사소한 것들에 집착한다. 그러나 사소한 것은 우리 공동의 경험이다. 버지니아 울프는 가능한 문장들, 헛짚기를 즐겼다. 현실적이지 않은 것이 아니라 현실에서 언어로 구축될 사이도 없이 증발해 버리거나 무시되는 것들을 생성해 내려 한 것이다. 그렇다 해도 그것들은 개인의 인성을 반영하며, 심지어 보편적이기까지 하다. 우리는 언어로 생각할 수밖에 없기 때문이다. 비록 명료해지기도 전에 사라져 버리고 말 심상들이지만, 소설의 언어는 개인들에게 각자의 방식대로 개인이 지나온 순간들을 소환해 낼 기회를 준다. 그 자체가 비활성화된 기억에 새로운 자극을 가하는 순간이다. 막상 분주한 일정표에 따라 행동하고 몰두하는 시간들보다 흘려 보내지만 반복되는 비우선적 시간에 우리의 정신은 완성되는 것일지도 모른다. 그 순간을 앞에 두고 수동적인 상태로 머무를 것이 아니라, "짧고 격렬하며 집요하게, 그러나 숙고와 사유로 가득 찬 정념을 통해 응수해야 한다"(블랑쇼, 『도래할 책』, 196쪽).

내 딸 엘리자베스예요

　『댈러웨이 부인』에는 유독 반복되는 어휘들이 많다. 딸아이를 소개하면서, "내 딸 엘리자베스예요"라고 한 클라리사의 말이 자꾸 거슬리는지 피터는 이 말을 받아서 "내 딸 엘리자베스예요"라고 중얼거린다. "왜 그냥 '엘리자베스예요' 하지 않았을까? 진실하지 못했다"고 되새기는 것은 클라리사와 함께 있던 클라리사의 집이 아니라, 그 집을 나온 이후에 피터의 목소리 장에서 이어진다. 결국 우리는 피터가 기억하기 전까지 클라리사가 딸을 소개하는 장면을 특별하게 생각하지 않는다. 특히 "내 딸 엘리자베스예요"라고 하는 것에서 별반 의문을 품지 못한다. 그러나 피터가 제기할 때에야 '내 딸'이라는 표현에서 그의 감정이 거슬렸다는 사실을 알 수 있다. 클라리사의 일거수 일투족을 모두 의미화하는 피터의 입장에서는 그의 모든 감각이 클라리사를 향해 있을 수밖에 없다. 딸을 소개하면서, 굳이 자신의 딸임을 강조하는 것은 피터에게는 자신의 청혼을 거부하고 내쳐버린 데에서 생겼다 사라진 고통을 들춰내는 일이다. 그는 먹먹하다. 이처럼, 처음에 나왔던 사소한 말들은 누군가에게는 결코 사소한 말이 아닐 수도 있다는 것을 우리에게 알려준다. 우리가 사소하게 던지는 말, 그 말 속에 담긴 의도하지 않은 듯한 말들. 그 말은 결국에는 의도를 드러낼 때가 있다.

클라리사가 셰익스피어 작품 속 "더 이상 두려워마라"와 "죽으면 지금이 가장 행복한 때"를 계속해서 읊조리는 것도 그러한 이유에서다. 처음 한 번 나왔을 때 스쳐간 내용들은 뒤에서 다시 나타난다. 그냥 지나쳤다가도 결국에는 셰익스피어의 작품『심벨린』과『오셀로』를 들춰봐야 한다. 한국어판에는 친절하게도 각주설명이 제공되어 있지만 의미 전반을 찾으려면 작품 전문을 뒤질 수밖에 없다. 그렇다 해도 완벽하게 해석되는 것은 아니다. 그런 예는 또 있다. 토시를 낀 어린 소녀의 판화는 클라리사의 집에 걸려 있지만, 미스 킬먼의 시선에 잡혔다가 소설 후반, 본격적으로 파티가 시작될 무렵 클라리사의 시선에 잡힌다. 이때 앞에서 읽었던 미스 킬먼 부분을 다시금 찾아내야 한다. 클라리사가 창 맞은편으로 보게 되는 노부인이 연속적으로 등장할 때에도 등장 그 자체가 아니라 클라리사의 시선에 붙잡히는 맥락 때문에 독자는 '뭐지?' 하며 의심할 수밖에 없다. 이들 모두가 각기 다른 시점에서 반복적으로 나타나면서 독자를 환기시키고 각인될 존재성을 갖게 된다. 그들의 얼굴은 소설 여기저기에 심어져 있을 때가 아니라 독자가 알아보고 문제 삼는 순간 문제성 있는 얼굴이 된다.

결혼, 파티, 전쟁, 질병은 물론, 토시를 낀 소녀까지 그 어느 것 하나 중요하지 않은 것이 없이 맞물려 있다. 물론 이야기 전체를 통일하는 연속성은 파티준비일 것이다. 그 과정에서 망각되거나 배제되어 온 삶의 면면들이 각 인물의 의식 속으로 이어지는 비밀들 속에서 속속 드러난다. 1차 세계대전은 이미 끝이 났으나 그 표면적 형식과 달리 개개인은 이런저런 형태로 전쟁의 후유증을 앓고 있다. 소설 처음에 클라리사가 파티용 꽃을 사러 나갔다가 만난 옛 친구 휴 휫브레드의 아내도 정신 질환을 앓고 있고, 폭스크로프트 부인과 백스버러 부인은 각각 전쟁에서 아들을 잃었다. 도리스 킬먼 역시 전쟁의 희생자이다. 독일인이기 때문에 근무하던 학교를 그만두어야 했다. 그녀의 남동생은 영국을 위해 전사했건만, 독일 사람들을 악한이라고 부르지 않았다는 이유에서 그녀는 쫓겨났다. 이렇듯 개인의 슬픔과 상관없이 삶은 이어질 뿐이다. 개개인의 주관적인 슬픔은 따라서 특별하지 않고 담담하게 다뤄진다. 다른 방법이 없기 때문이다. "눈물과 슬픔, 용기와 인내, 곧고 금욕적인 태도"(『댈러웨이 부인』, 17쪽)로 전쟁의 교훈을 실천할 뿐이다.

더 이상 두려워 마라,

태양의 뜨거움을,

또한 광폭한 겨울의 사나움을.

클라리사가 읊조리는 셰익스피어의 구절처럼 어쨌든 전쟁은 지나갔다. 버지니아 울프는 전쟁이 끝났다는 형식과 달리 개개인은 혹독한 대가를 치렀다는 사실을 비판하고 있다. 위에서 아들을 잃은 폭스크로프트 부인과 벡스버러 부인에 대해 한 줄로만 서술되어 있는 것은 서술의 인색함을 보여 주는 것 같지만, 삶의 냉정함, 속수무책을 엿보게 한다. 어쩌면 세계의 난처함일 수도 있겠다. 아니, 더 이상 세계의 중심이 아닌 영국은 국민 개인의 슬픔 따위는 저버리고 전쟁의 상흔을 재빨리 잊어야 할 뿐이다. 어떤 서술이 등장해야 이들을 위로하는 것이 가능할 것인가. 세상 어디에도 충분한 어휘는 없다. 개별적인 경험과 상처가 삶 자체에 녹아내렸다 해도 개인은 자신이 직접적으로 겪어 낼 삶에 반응할 수 있을 따름이다. 전쟁을 겪어 낸 전후 작가들이 이전 세대가 가졌던 어떤 확신도 가질 수 없게 되면서 '이도저도 아닌' 존재임을 느꼈던 것은 더 이상 자신을 둘러싼 외부가 어떤 안정도 보장하지 않게 되었기 때문이다. 자신 속으로만 숨어들어가 침잠할 수밖에 없었던 당대 작가들은 특별하지 않은 어떤 날, 매일 반복적으로 일어나는 표본 같은 하루의 내적 세계로 침잠해 들어갔다.

그것은 자신의 개별적인 삶, 자신의 정신을 일깨우는 순간들로 이루어진다. 어쩌면 연속적이지 않을 수도 있는, 금방이라도 부서져 없어질 심상들을 집요하게 들여다보는 작업은 자연스럽기보다는 고통스러울 수 있다. 기존의 창작 태도와는 확연히 다른, 자칫 허무하고 보잘것없는 것일 수 있다. 그러나 그렇게 내면의 풍경에 흘러가는 어떤 무기력함, 분노, 욕망, 애증은 모든 인간에게 들락거리는 보편적인 것들이다. 외부 사건에 영향받아 소진되고 절망하는 추상화된 내면의 덩어리. 그것은 외부의 어떤 끝난 사건처럼 시작과 끝을 명시하는 것이 아니라 아무 때고 내려앉을 현재인 것이다. 나를 무너뜨리기도 하고 일으키기도 하는 외부의 사건은 시간과 상관없이 나를 몰아세우고 가두고 다시 자유롭게 한다. 그러므로 단지 외부적으로 표상된 사건들은 그 주도력을 상실하고 만다.

2

오늘 저녁 파티 잊지 마.‒

그러나 클라리사의 초대에
모든 사람들은 한자리에 모인다.

그렇다 해도 소설 속에 내면의 풍경만 있는 것은 아니다. 사람에 대한 소소한 품평들이 마치 티타임에 오갈 수다처럼 나타나기도 한다. 리처드와 휴, 윌리엄 브레드쇼 경은 그들의 명성과는 달리 오히려 측은하고 냉소할 만한 대상이다. 이웃인 스크로프 퍼비스가 쳐다보고 매력적이라고 생각한 클라리사 또한 병을 앓은 후 부쩍 늙어 버렸다. 피터는 그의 열정과 솔직함 때문에 부러움을 사기도 하지만, 클라리사가 볼 때는 평생 사랑에 인생을 낭비했다. 〔우리가 너무 가까이 서로와 많은 시간을 함께할 때, 장점보다는 단점이 드러나는 것은 자연스러운 일이다. 적절한 거리에서만 예의와 점잖은 태도가 가능한 것은 그런 이유이다. 여기에 나열한 사람들은 오랫동안 서로에 대해 알고 지냈다. 집안과 개인적 이력과 성향 전부를 알고 있기에 외모와 직업, 지위와 상관없이 칭송할 만한 점은 물론 비난할 만한 점도 알고 있었다.) 스크로프 퍼비스처럼 이웃동네에서 눈인사를 나눌 정도의 사이라면, 어느 정도 분장한 상태로만 서로를 이해할 수 있다. 버지니아 울프의 단편소설 「함께, 그리고 따로」는 낯선 사람 앞에서 행동이 더 자유로울 수 있다는 것을 보여 준다. 모르는 사람은 그가 무슨 일을 계획했다가 못했는지 알지 못한다. 모르고 그의 매력에 끌리는 것을 보면 그 사람은 다시 시작할 수 있다는 새로운 힘을 얻는다.

피터는 지금도 열렬한 사랑을 받을 만큼 매력이 남아 있다. 그리고 실제로 사랑에 빠져 있기도 하다. 그런데도 평생 클라리사에게서 벗어나지 못하면서 그녀를 의식하고 비판하며 또 의식한다. 그렇게 그녀는 피터가 있는 모든 곳에 오곤 했다. 그의 삶에 측정할 수 없을 정도로 크게 미친 그녀의 영향력은 그 자체로 익숙한 고통은 아닐까. 어떻게든 그녀는 그를 좌절시키지 않았던가. (너를 완전히 포기하지 않는 한 신경질적이 되고 말 것 같아. 악마 같으니라고. 나는 아주 미친 듯이 일에 집중하고 있어. 너는 이제 너를 완전히 떠나서 하나의 관념이 되었어. 너 자체는 없어. 생각의 굴레에서 너는 완전히 독자적인 관념으로 나를 눌렀다 풀어놓으면서 장난질이야. 그렇게 너라는 관념이 계속해서 나의 행불행을 좌지우지하고 있어, 라고 그녀는 생각한다.)

소설 마지막에서 피터가 느끼는 황홀감은 무엇을 말하기 위함인가. 마지못해 파티에 참석한 그는 시간이 되어 클라리사의 파티를 떠나려고 한다. 바로 그때 두려움과 동시에 황홀감이 그를 덮친다. 이상한 흥분으로 피터를 가득 채우는 공기는 바로 클라리사, 그녀가 그곳에 있었기 때문이다. 피터는 어떻게 해서도 클라리사의 영향을 벗어날 수 없을 정도로 어떤 하나의 관념으로 박혀 그의 삶 전체를 지배했다. 그렇다면 그의 인생 자체가 균열이 아닐 수 없다. 버지니아 울프는 사랑 그 이상의 것을 피터와 클라리사에게 심어 놓으면서 그들 관계의 영원성을 이야기하려는 것일까. 과연 그럴까. 그들이 결혼으로 이루어졌다면 둘 다 파멸했을 거라는 피터와 클라리사 두 사람 모두의 수긍에도 불구하고 두 사람의 관계를 특수한 것으로 영속시키려는 이유가 무엇일까.

클라리사나 피터가 쉬이 가닿는 그들 내면의 밑바닥이 드러난다 해서 그들의 마음을 확인할 수 있을 것 같지는 않다. 마음은 확신이나 신념이 아니다. 버지니아 울프조차 "마음이란 확실히 우리가 그것에 대해 아무것도 모르면서도 전적으로 의존하는, 참으로 신비로운 기관"(『자기만의 방』, 147쪽)이라고 하지 않았던가. 클라리사나 피터, 리처드조차 도덕적이거나 완벽하지는 못한 결함 있는 인물들이다. 그들이 결함이 있다는 사실은 그들의 마음속에서 제각각 일어나는 감정들을 드러낼 때 알 수 있다. 그것은 단지 화자의 목소리를 통해서 대변되는 것뿐만 아니라 각기 다른 인물을 생각해 내는 주관적 시점이 드러날 때 알 수 있다. 버지니아 울프는 이에 대해 "우리는 언제나 끊임없이 이미지와 생각들이 겹치는 것을 경험"하고 "이런 경험을 매끈하게 다시 정리해 주는 대신, 우리의 정신적 혼란을 그대로 드러내야 하는 것이 현대소설"(니콜슨, 『버지니아 울프』, 140쪽)이라고 썼다. 그러나 그와 같은 현대소설의 특징은 자극과 속도의 21세기로 넘어오면서 낡은 것이 되었다. 느림의 즐거움은 더 이상 없다. 지식을 넓히기 위해서나, 자신의 즐거움을 위한 독서의 목적을 생각했을 때, 버지니아 울프의 소설은 부합되지 않는 것이다. 사랑이나, 배신, 복수, 사고, 죽음 같은 사건의 전개, 클라이맥스, 결말이 없기 때문이다. 버지니아 울프의 소설에서는 끝에 다다라서도 끝나지 않은, 충족되지 않음, 충족될 수 없음이 있다. 대신 그녀의 소설은 독자를 경험하도록 한다.

오래 생각하고 느리게 결정을 내리는 것, 그것은 어렵다. 보고 싶은 대로 보고, 빨리 판단을 내리면 편하다. 보고 싶은 대로 본다면, 그 사람보다 나의 더 많은 부분들이 복합적으로 섞여 그를 가리고 만다. 따라서 그를 판단한다는 것은 그 사람 자체에 대한 문제일 수도 있지만, 내가 가진 편향성으로부터 상당한 영향을 받게 되어 있다. 그라는 사람의 정체성은 따라서 나로 인해 정의될 수 있다. 그렇다면, 끊임없이 나를 털어내고 그를 헤아린다는 것이 가능한 것인지 모르겠다. 우리가 매끄럽게 그를 선하다, 혹은 악하다 말할 수 있다면, 그것은 그가 궁극의 선이나 궁극의 악을 구현하기 때문일 것이다. 선과 악의 언저리를 끊임없이 오고가며 방황하는 사람을 선과 악으로, 혹은 그 외의 방식으로 규명한다는 것은 내가 편하고 싶어서이다. 다른 사람에 대한 생각에 오래 머물게 되지 않는다. 오래 생각하는 것. 그것은 어렵다. 그 사람에 대한 특별한 애정이 있어야만 가능한 것이다.

부르주아 계층에 있는 클라리사나 피터에 대해 그들이 삶을 나태하게 바라본다고 비판할 수도 있다. 클라리사의 딸 엘리자베스가 목격한 스트랜드의 사람들이나 미스 킬먼이 그럴 것이다. 스트랜드는 템스강에 인접하여 제방, 법정, 킹스 칼리지, 워털루역이 걸쳐 있는 긴 도로로, 소란하고 혼잡하며 남성적인 에너지가 가득한, 진지하며 분주한 곳이다. '댈러웨이가의 사람들은 거의 오지 않는' 이 장소는 어쩌면 댈러웨이가와는 전혀 다른 삶의 층을 이루고 있기 때문일 것이다. 엘리자베스는 자신의 가족이 원하는 것을 모두 누리고 있었기 때문에 가난한 사람들에 대해 한 번도 생각해 본 적이 없었다. 그러나 그렇기 때문에 자신이 아는 사람들과 아주 다른 미스 킬먼만 보면 작아지는 기분이 들었다.

미스 킬먼은 가난했지만 당당했다. 그녀는 클라리사를 피상적인 교양만 가지고 있는 부잣집 출신이라는 이유로 경멸하고 있었다. 그럼에도 불구하고, 클라리사 댈러웨이에게 압도당하는 자신을 참을 수가 없다. 그녀가 통제하지 못하고 있는 자신의 육체. 못생기고 세련되지 못한 자신이 댈러웨이 부인에게 조롱거리라는 인식까지 가닿으면 울음이 터져 나올 듯하다. 버지니아 울프는 어째서 미스 킬먼을 그 자체로 오롯한 인물로 보존하지 않고 클라리사 때문에 무너지게 만든 것일까?

미스 킬먼의 속마음 · 또 하나의 픽션

미스 킬먼 한 명만 놓고 볼 때 그녀는 단연 단편소설의 주인공감이다. 그녀는 리처드의 요청으로 엘리자베스에게 역사를 가르치고 있지만 클라리사는 그녀를 대놓고 미워한다. 미스 킬먼은 원한으로 가득한 딱하고 불행한 사람이면서도 상대로 하여금 열등하다는 감정을 느끼게 한다. 뭔가 자신이 우월한 일을 하고 있다는 것을 노골적으로 드러내는 미스 킬먼이었다. 그런 그녀였지만 정작 클라리사 댈러웨이 앞에만 서면 '여성'의 행복한 삶이라고 하는 문제에 노출된다. 그녀는 분명 클라리사의 딸 엘리자베스에게 '당신 세대 여성에게는 모든 직업이 열려 있다'고 말해 줄 정도로 독립적이고 똑똑하다. 그런 그녀가 클라리사 앞에서만 자신의 '사랑스럽지 못한' 육체를 의식한다. 이것은 일종의 박탈감인데, 미스 킬먼에게 클라리사 댈러웨이는 하나의 도전과도 같다. 누구보다 독립적인 그녀가 자신의 의식을 클라리사 댈러웨이에게 선취당하는 기분은 참을 수가 없었지만 벗어나지 못하고 오히려 점점 더 상실감에 빠져드는 것이었다. 그녀는 심지어 세상이 자신을 경멸하고 비웃고 저버렸다는 생각에까지 이른다. {나이가 먹어도 여전히 사는 데 서툴고, 누군가의 앞에서는 행동이 어색해진다. 표정이 굳고, 말수가 줄어든다. 손을 어디에 두어야 할지도 모르겠다, 고 그녀는 생각한다.}

최근 들어 엘리자베스를 제외하면 저녁식사와 차, 밤에 침대를 데워주는 뜨거운 물병만이 그녀의 전부였다. 머리를 매만져도, 그녀의 이마는 하얗게 벗겨진 달걀처럼 보이고 어떤 옷도 어울리지 않는다. 그것은 이성을 만나지 못함을 의미한다(『댈러웨이 부인』, 188쪽). 클라리사 댈러웨이만 아니면, 자신의 처지, 현실적 문제를 초월할 수 있었다. 다른 사람들조차 자신의 외형적인 조건이 아닌, 그 이상의 정신적인 면모를 바라볼 것이라는 점에 의심이 없었다. 그런데 클라리사 댈러웨이에 대해서는, 그녀를 경멸하는 만큼 또한 벗어날 수 없는 여성의 굴레를 생각하게 했다. 전혀 다른 두 사람은 정신과 몸이라고 하는 측면에서 서로를 비교하고 우월감과 열등감을 동시에 느끼면서 자신의 약점을 극대화시킨다는 점에서 서로를 참지 못하는 것이다.

미스 킬먼이 댈러웨이 부인에게서 참을 수 없는 것은 그녀는 고통받지 않는데, 자신만 고통받는다는 생각 때문이다. [그녀는 감정에 무뎌지기를 바랐으나, 한밤중에 일어나 한 번씩 울어야만 했다. 그 때문이라고 말할 수는 없었다. 정확히 무엇 때문에 슬픈 것인지, 무엇 때문에 불행한 것인지 알 수 없었다. 언어는 고통을 나타낼 수가 없다.] 그녀는 모든 문제가 여전히 육체 때문이라고 생각하며 백화점의 페티코트 매장으로 간다. 엘리자베스가 생각하는 이 놀랄 만큼 영리한 여자가 우스꽝스러워지는 순간이다. 클라리사 댈러웨이에게 점령당한 듯 터무니없는 페티코트를 구입하고 나서 바로 설탕 친 케이크를 계속해서 먹어대는 그녀였다. 점원 소녀가 미스 킬먼을 미쳤다고 생각할 만큼의 '터무니없는' 페티코트라는 것은 어떤 것일까? 페티코트는 겉옷의 실루엣을 아름답게 해주는 부풀려진 속치마다. '터무니없는' 페티코트란 아마도 엄청 부풀린, 미스 킬먼의 평소 복장에는 받쳐 입을 수조차 없는 종류일 것이다. 그녀는 페티코트를 구입하고 반항하듯이 열심히 계속해서 케이크를 먹는다. 동행한 엘리자베스는 그녀를 의아하게 여겼다. 버지니아 울프는 어째서 그녀를 우스꽝스럽게 만드는 것일까? 심지어 엘리자베스마저 파티에 참석한다는 명목으로 미스 킬먼을 떠난다. 미스 킬먼은 "나는 절대 파티에 가지 않아요. 사람들이 나를 파티에 초대하지도 않고요. 왜 그들이 나를 초대하겠어요? 나처럼 평범하고 불행한 사람을." 이렇게 말하면서도 자신이 사람들로부터 경멸당해서 이렇게 된 것이라고 생각한다. 그녀는 런던이 아닌 시골로 가고만 싶다.

이런 그녀의 심정은 어쩌면 앞에서 이야기한「함께, 그리고 따로」에서처럼 낯선 사람들 앞에서 새로운 존재가 되고 싶어서일지도 모른다. 어쩌면 완전히 다른 삶이 가능할 수도 있을 것이다. 나에 대해 너무 많이 알거나, 나의 일부를 전체처럼 이야기하는 사람들을 가까이 하고 싶지 않을 때가 있다. 혹은 나를 꿰뚫어 보는 사람은 피하고 싶은 것이다. 클라리사를 꿰뚫어 보던 피터. 어쩌면 클라리사 또한 피터를 꿰뚫어 보았다. 그리고 킬먼을 꿰뚫어 보는 클라리사와 마찬가지로 클라리사를 대놓고 경멸의 시선으로 바라보는 킬먼 또한 클라리사에게는 박탈감을 불러일으켰다. 이들 피터와 클라리사, 미스 킬먼은 비슷하게 상대를 꿰뚫어 보는 능력이 있는 만큼 함께할 수는 없는 불행한 사이이다. 클라리사는 분명 이렇게 생각했다. 자신이 온화하고 관대한 모습을 유지할 수 있도록 도와주는 하인들이 정말 고마웠다. 아무 일을 겪지 않을 때, 적절한 무관심과 예의를 갖출 때, 얼마든지 온화하고 관대해질 수 있다. 그러나 경험되지 않은 사건에 노출되거나 공격을 받을 때 인간은 자신도 몰랐던 자신의 다른 면모를 드러낸다. 그러므로 그 자체만의 선악을 이야기한다는 것은 불합리하다.

미스 킬먼은 학위도 있으며, 자신만의 힘으로 세상을 살아나가고 있다. 그리고 근대사에 대한 지식은 단순히 뛰어나다는 말로는 부족하다고 할 정도로 똑똑하다. 댈러웨이 부인만은 미스 킬먼의 이와 같은 우수성을 폄하한다. 자신을 훤히 들여다보는 사람과는 결혼할 수 없었던 클라리사 자신처럼 자신을 대놓고 경멸하는 미스 킬먼과는 절대 친해질 수 없었다. 정신에 우위를 두고 살아온 미스 킬먼은 그 정신으로도 클라리사의 노골적인 시선을 저지할 수가 없었다. 그녀는 눈빛만으로 미스 킬먼을 수치스럽게 만들 수 있었다. (여성은 여성에게 가혹합니다. 여성은 여성을 싫어하지요, 라고 그녀는 『자기만의 방』의 한 구절을 생각한다.) 이렇게 하여 자신의 모든 뛰어난 능력 같은 것은 가려지고 '뚱뚱하고 추하고 평범하며, 친절하지도 우아하지도 않은' 육체만이 온 천하에 드러났다.

마침내 자신의 육체가 형편없다는 것에 굴복하면서 미스 킬먼은 자기연민에 빠진다. 세상이 부당하게 느껴질 정도로 자신은 너무 못생겼고 너무 가난했으며 행복해 본 적이 없었다. 사랑을 원치 않은 것이 아니라 사랑에서는 언제나 예외였다. 따라서 자신이 생존할 방법은 의지를 갖는 것뿐이었다. 그런데 세속적으로 볼 때 댈러웨이 부인은 여성으로서 세상의 부러움을 살 수 있을 아름다운 딸, 좋은 남편, 부를 가지고 있었다. 미스 킬먼은 클라리사의 딸 엘리자베스를 완전히 자기편으로 만들지도 못하고 세상에 복수하지도 못했다고 생각한다. 자신의 처지를 들추지 않고 정신으로만 살아갈 수도 있었다. 클라리사만 만나지 않았더라도 가능했을 수도 있다. 다른 사람들은 클라리사만큼 노골적이지 않기 때문이다. 그녀가 클라리사만 만나지 않았더라면 지성을 무기로 가난을 수용하면서 종교에 기대어 위태롭지만 용감하게 살아갈 수 있었을지 모른다.

그러나 버지니아 울프가 미스 킬먼을 이렇게 추하게 드러낸 것은 클라리사가 단지 외모에 집착하기 때문이 아니라, 클라리사가 미스 킬먼의 지적인 면모를 이상한 방식으로 질투하거나 손상시킬 수 있다는 점을 보여 주기 위함이다. 한 남자로 인해 삶이 정해진 자신과 달리, 미스 킬먼은 자신이 선택한 방식의 삶을 주체적으로 살고 있다. 그리고 그녀 또한 클라리사를 노골적으로 경멸한다. 클라리사 또한 미스 킬먼 때문에 고통을 느끼고 있다. 뚱뚱하고 추하고 평범하며, 친절하지도 우아하지도 않은 미스 킬먼이 인생의 의미를 아는 척하면서 자신의 딸을 빼앗아 간 것이다. 특히 클라리사 앞에서 상냥하게 보이려조차 하지 않는 미스 킬먼은 자신의 생활비를 벌며 살았고, 또 얼마 안 되는 수입 중 상당액을 자신이 옳다고 생각하는 사업에 기부했다. 반면, 클라리사는 미스 킬먼이 보기에 아무것도 하지 않았고, 아무것도 믿지 않았으며, 딸만 키우고 있었다. 그러나 그러한 외형들은 존재의 본질에 드리운 그림자에 지나지 않는다. 미스 킬먼이 독신으로서 감내해야 하는 고독은 클라리사의 고독과 다르지 않다. 미스 킬먼을 계속해서 바라보자 클라리사는 증오가, 악의가 맥없이 무너지는 것을 느꼈다. 그녀는 비로소 동질의 본질을 미스 킬먼에게서 느낀 것일까?

클라리사가 증오한 것은 사람에 관한 것이 아니라 관념에 대한 것이었다. 증오가 사람을 대상으로 한 것이 아니라 관념에 대한 것이라 함은 무엇인가? 클라리사는 친구가 필요한 게 아니라 적이 필요하다고 생각한다. 그러면서 아무도 모르게, 그녀를 도와주고 싶기까지 했다. 증오는 어쩌면 삶의 의지를 불러일으켜 주는 힘으로 작용하는 것일지도 모른다. 따라서 클라리사의 마음속에서 자가 증식하는 덩어리로 점차 거대하게 부풀려진 것은 아닐까. 우리가 누구를 사랑한다거나 증오한다는 그 감정 자체만 놓고 본다면, 촉발하는 주체는 있으나, 이후로는 내 마음속에서 자유자재로 커졌다가 작아졌다 한다. 모든 것이 결국에는 내 문제인 것이다. 그저 상대방의 부분적 모습 한 조각만을 움켜쥐고 끝없이 부풀려놓은 자기관념 속에서 허우적거릴 따름이다. {자신에게 그가 관념 덩어리였던 것과 마찬가지라고 그녀는 생각했다. 막상 그가 사라지자 머릿속은 온통 그에 대한 생각으로 시끄러웠다.} 따라서 미스 킬먼 자체는 클라리사에게 거슬리는 작고 누추한 존재였다가, 증오의 대상이었다가, 다시금 연민을 느끼게 만드는 존재가 되어 갈 뿐이었다. 클라리사의 눈에 미스 킬먼은 괴물 같은 힘을 가진 무장한 전사처럼 보였지만, 막상 그 괴물은 작아졌다. 클라리사는 웃었고 작별 인사를 했다. 그렇게 미스 킬먼의 관념에서 빠져나왔다. 파티는 분명 클라리사를 치유하는 의식임에 분명하다.

아가씨들, 모험

엘리자베스는 미스 킬먼의 구속에서 벗어나 백화점 밖으로 나온 것만으로도 기뻤다. 스트랜드에는 사소한 잡담들이 아니라 선박이나 사업, 법, 행정 등을 생각하는 정신들이 있었다. 엘리자베스는 백합꽃송이에 비교당하며 파티에나 머무는 것이 지루했다. 그러나 그녀를 덮고 있는 굴레, 시간에 맞춰 집으로 돌아가야 하며 파티를 위해 옷을 갈아입어야 했다. 시간은 파티를 향해 빠르게 흘러갔다. 그녀가 이곳까지 오게 된 것은 모험심 때문이며 그녀를 마치 개척자이자 방랑자처럼 흥분시켰지만, 역시 '위험을 무릅쓴 행동'이었다. 그녀는 그곳을 관찰하면서 군악대 소리를 듣고 죽음을 연상한다. 어느 여인의 죽음을 지켜보던 누군가가 방 창문을 열고 그 소란한 거리를 내려다본다면, 그 무심한 듯 의기양양한 군악대 소리에 위안을 얻을 것이었다.

비록 그녀가 구경꾼에 지나지 않으며, 결코 미스 킬먼과 같아질 수는 없다 해도, 자신의 경험 축만큼의 변화를 겪는다. 서서히, 감지하지 못한 채 변하며, "계속 변하는 자아는 삶을 살아가는 자아다"(허마이오니 리, 『버지니아 울프 1』, 33쪽). 엘리자베스는 걷기 행위를 통해 그저 관찰에만 그치는 것이 아니라 "유동적인 유기성, 즉 연속하는 친교적 지형"(미셸 드 세르토, 「도시 속에서 걷기」, 166쪽)을 창조한다. 비록 그녀가 스트랜드 사람들과 직접적으로 이야기를 나누며 정보를 얻는 것은 아니어도 걷는 것 자체로 그들을 자신의 정신세계로 끌어들인다. 상호작용이 아닌, 거리를 이리저리 다닐 수 있는 자신의 모험심에 흥분되면서 파티가 아니라 일, 업무의 정신에 매료되는 것이다.

엘리자베스가 서 있을 지점에 이르자 캐서린 맨스필드의 단편소설 『가든파티』에 나오는 로라가 겹쳐진다. 그녀에게 이 떠오름은 의도한 것이 아닌, 자동으로 건너온 희미한 기억이다. 비슷한 지위의 젊은 여성들이라는 점과 두 사람 다 그들이 속한 세상 밖을 관찰할 기회를 얻는다는 점에서 그렇다. 게다가 캐서린 맨스필드는 버지니아 울프와 같은 시기에 활동한 작가이다. 버지니아 울프가 작가로서 유일하게 질투했다고 전해지는 캐서린 맨스필드는 뉴질랜드 출신이지만 영국으로 건너가 활동한 뛰어난 단편소설 작가였다. 두 사람은 서로를 질투하여 폄하하기도 하였으나, 캐서린 맨스필드의 단편소설 『서론』은 1918년 호가스 출판사에서 출간되었다.

『가든파티』는 먼저 클라리사의 파티를 연상시킨다. 20세기 초반의 상류층 문화를 보여 주는 방식 또한 엇비슷하다. 그러고 보면 『댈러웨이 부인』의 엘리자베스가 탐험하는 스트랜드나 피터가 모험하는 트라팔가 광장의 장면은 각각 따로따로 떼어내 단편소설로 만들어도 될 만한 에피소드이다. 캐서린 맨스필드의 소설에서 로라는 가든파티 준비 중에 자신의 집 아래쪽 오두막에 사는 젊은 사람의 죽음에 대해 듣는다. 아내와 다섯 아이가 있는 그는 오늘 아침 짐마차를 몰다가 말이 기관차를 피하려고 도는 바람에 떨어져 죽었다. 이야기를 듣자마자 로라는 파티를 취소해야 한다고 생각한다. 대문 앞에 사는 사람이 죽었는데 가든파티를 한다는 것은 안될 일이었다. 이와 같은 로라의 생각은 오히려 가족들이 볼 때 감상적인 호들갑에 지나지 않았다. 어머니마저 "너 정말 이상하구나. 그런 부류의 사람들은 우리가 희생키길 바라지 않아. 너야말로 다른 사람들 기분을 이렇게 망쳐 놓다니 정말 생각이 없구나"라며 화를 낸다.

이렇게 하여 로라의 생각은 묻혀 버리고 파티는 예정대로 진행된다. 파티가 성공적으로 끝나자 테이블 위에는 상당한 음식들이 남아 있다. 다 버려야 할 음식들이었다. 문득 기발한 아이디어를 생각한 듯, 어머니는 그 음식들을 '가엾은' 사람들에게 보내자면서 바구니에 음식을 담아 로라를 보낸다. 어머니는 아무 말도 하지 않지만, 아마 이것이 로라에게 어떤 교훈을 줄 것이라고 생각하는 것 같다. 파티에서 남긴 음식을 가져다주는 것이 옳지 않다고 생각하지만, 로라는 어머니에게 떠밀려 넓은 길을 가로지르고 어둡고 탁한 골목길에 다다른다. 가난한 사람들을 지나치면서 이미 로라는 '오지 말았어야 했는데'라고 생각한다. 어머니가 원한 것은 바로 이것이었을 것이다. 자신들과 전혀 다른 부류에 대한 딸의 피상적인 연민이 현실 앞에서는 공포로 바뀌고 말 것이었다. 마침내 그 집에 도착했을 때 로라를 맞아들이는 것은 여자의 '기이한 웃음'이었다. 로라는 상가에 어울리지 않는 자신의 레이스 드레스 때문에 그곳 사람들의 눈빛을 피하고 싶었다. 그러나 기어이 죽은 사람을 보게 되었다. 그때 로라는 그 모습이 놀랍고 아름답다고 생각했다.

가든파티며 바구니며 레이스 드레스가 무슨 상관이란 말인가? 그들이 웃음을 터뜨리고 악단이 음악을 연주하는 동안 이 골목에는 경이로운 일이 일어났다. 행복……행복……평온하다, 잠자는 얼굴은 이렇게 말했다. 일어날 일이 일어난 것뿐이다. 만족한다. (『가든파티』, 260쪽)

로라는 울지 않을 수 없었다. 사람들이 웃음을 터뜨리고 악단이 음악을 연주하는 동안 로라는 죽은 사람으로부터 행복을, 평온을 느꼈다. 죽음과 어우러진 웃음과 음악. 이것은 엘리자베스가 바라본 스트랜드가의 풍경과 동질의 것으로 맞닿는다.

> 음악에는 의식이 없었다. 거기에는 어떤 운이나 운명에 대한 인식이 없었다. 바로 그 때문에 죽어가는 이의 얼굴에서 마지막 의식의 떨림을 지켜보며 망연자실해 있는 이들에게조차 위안이 되었다. 사람들에게 망각은 상처를 줄 수도 있고 은혜를 모르는 행위는 마음을 손상시키기도 하지만, 이 소리는 가고 오는 세월 속에 끝없이 쏟아져 내리며 그것이 무엇이든, 이 맹세, 이 짐차, 이 삶 모두를 싸안고 실어갈 것이었다. (『댈러웨이 부인』; *Mrs. Dalloway*, pp.151~152)

로라는 자신의 임무를 끝낸 듯 밖으로 나와서 만난 오빠 앞에서 울음을 터뜨린다. 오빠는 "울지 마, 끔찍하든?"이라고 묻지만, 로라는 "아주 신비롭더라, 사는 게 말야"라고 따스하고 다정한 목소리로 대답한다. 엘리자베스와 로라는 감지하지 못한 채 서서히 변하고 있는 것이다. 가지 않아도 될 장소에 가게 된 두 사람은 그곳을 마치 하나의 모험이지만 책무처럼 경건히 받아들인다. 그리고 그것을 통과해 냈을 때 안도감과 자신감을 얻는다. 엘리자베스는 침착하고 당당하게 웨스트민스터행 버스에 올라타고, 로라는 숨겨진 삶의 비밀을 발견하고 울음을 터뜨린다. 그들의 깨달음은 역시 당대에 활동했던 제임스 조이스의 『더블린 사람들』로까지 이어진다. 각각의 성장단계에서 '각성'을 보여 주는 단편소설들 중에서 「이블린」은 엘리자베스와 로라에 버금하는 인물일 것이다.

호가스 출판사는 제임스 조이스의 『율리시스』 출판제안을 거절한 바 있다. 식자(植字)하는 데에만 2년이 걸릴 이 두꺼운 책은 버지니아 울프가 보기에 "실험으로는 흥미롭지만" "외설적"이었다(니콜슨, 『버지니아 울프』, 99쪽). 그러나 제임스 조이스의 소설작법에 대해 버지니아 울프는 충분히 의식하고 있었다. 『댈러웨이 부인』의 배경이 6월 중순인 것은 제임스 조이스의 『율리시스』가 1904년 6월 16일의 더블린을 배경으로 한 것에 영향받은 것이다. 내면의 삶에서 명확한 진실은 상당히 교묘하며, 흩어지고 조각나고 얼룩진다. 채색되고, 물들었다가 가려진다. 따라서 무슨 수를 써서라도 두뇌의 가장 안쪽 불꽃의 명멸을 드러내는 제임스 조이스를 그녀는 높이 사고 있었다.

『더블린 사람들』에서 이루어지는 각성은 엘리자베스와 로라의 경우처럼 안전한 경험은 아니다. 그것은 각 인물이 벗어날 수 없는 환경에 대한 좌절이며 순응의 각성이다. 이와 같은 종류의 각성은 암울하고 비극적이다. 이블린의 각성이 절망에 가깝다면, 인생의 비밀을 알아내는 것이 과연 바람직할까, 하는 의구심을 불러일으킨다. 이블린에게는 이미 죽은 동생 어니스트와 시골에 있는 해리뿐이다. 그녀는 폭력적인 아버지로부터 벗어나기 위하여 프랭크라는 남자와 떠나기로 했다. 그가 자신을 구해 주리라고 생각한 것이다.

그러나 떠나기 전 창가에 앉아 길 위에 땅거미가 깔리는 것을 바라보면서 또 다른 생각에 빠져든다. 사람들에게는 자신이 어떤 사내놈과 도망을 쳤다는 것으로 낙인찍힐 것이며, 자신이 번 돈을 절대로 내놓지 않고 토요일에는 늘 술에 빠져 있음에도 불구하고 자신을 보고 싶어할 아버지를 버리는 일이었다. 어머니가 죽던 날 밤에 바깥의 우울한 음악소리를 듣고 돈을 쥐어주며 악단을 내쫓던 아버지였다. 그녀는 혼란스럽다. 그녀도 행복해질 권리가 있었다. 창가에 앉아 그런 생각에 잠겨 땅거미가 깔리는 것을 지켜보며 과거와 미래에 사로잡혀 있다.

그리고 마침내 떠나는 순간이 왔다. 프랭크가 그녀의 손을 잡고 있었지만, 그녀의 손은 쇠난간을 꼭 움켜쥔다. "가요!"라고 프랭크가 외친다. 그러나 '아니! 아니! 아니!' 불가능한 일이었다. 결국 그녀는 떠나지 못한다. 그것은 좌절이며, 동시에 부정적인 각성이다. 도약할 수 있었지만, 결국 삶을 뛰어넘지 못하고 자기부정에 빠지고 마는 데 대한 각성인 것이다. 어쩌면 현실의 충실함에 대한 답답함이리라. 어째서 떠나지 못했냐고 질책할 수 있으며, 그녀 스스로가 떠나지 못했으니 원망할 것도 없다고 말할 수 있다. 그녀는 운명에 복종한 것이다. 좌절되고 갇힌 삶에 내몰리는 것일 수도 있으며, 순응처럼 보이기도 한다. 그러나 또 어쩌면 변화되지 못하거나 변화시키려는 도전이 허물어지는 순간에 삶은 다르게 비친다. 어떻게 본다면 삶의 가치를 다르게 재해석해 내는 것일 수도 있다. 하지 않기로 한 선택, 도전하지 않기로 한 선택 말이다. 이 또한 적극적인 행동이 될 수 있다.

이블린의 한손은 프랭크에게 붙들려 있었으며 다른 한손은 쇠난간을 움켜쥐고 있었다. 어떤 대안도 없는 시시포스와 달리 막다른 궁지에 있던 이블린에게 프랭크는 분명 대안이다. 그러나 그녀는 프랭크의 손을 놓아 버린다. 이블린은 프랭크라는 선택적 대안을 두려워했다. 내일이면 프랭크와 함께 바다 위에 있을 것이고 부에노스아이레스를 향해 항해할 생각에 가슴 벅찬 대신, 세상의 모든 바다가 가슴속으로 몰려드는 것만 같았다. 그리고 프랭크가 자신을 그 바닷속에 빠뜨려 죽일 것만 같았다. 그녀는 선택의 자유가 내밀고 있는 막다른 궁지에 몰린 것이다. 그녀에게는 자유로운 선택이 아니라 이쪽을 버리고 저쪽을 취하는 것에 지나지 않았다. 프랭크가 자신을 익사시킬 것만 같은 생각에 빠져든 것은 알 수 없는 미래에 대한 두려움이라기보다 이쪽에 남아야 하는 데 대한 강한 합리화이다. 그녀가 "어쩔 수 없는 짐승처럼 아무런 반응도 없이 창백한 얼굴로 그를 바라보고"(『더블린 사람들』, 60쪽) 있었던 것도 그 때문이다.

파티·삶·죽음

잠시 미뤄둔 댈러웨이 부인의 '파티'를 다시 불러내야 한다. 마치 그래야만 한다는 의무감이 있기나 한 듯이 말이다. 파티가 이 소설의 외적 사건은 물론 내적 사건과도 밀접하게 연결된다는 느낌들 때문이다. 느낌들. 이 느낌들의 어디에까지 기대야 할까? 20세기 초에는 아직까지 19세기의 잔상이 드리우고 있었으며, 남편의 성공에 아내의 내조가 중요한 역할을 하는 시기였다. 그 내조란 리처드의 직위를 돈독히 하는 것이다. 수상과 장군 집안의 밀리선트 브루턴 부인이 찾아오고 주요 정치 인사들이 모인다. 사적 공간이 공적 관계와 이어지는 특수한 시대였던 것이다. 물론 피터는 이런 클라리사를 세속적이라 비판했다. 지위와 상류사회, 세상이 말하는 출세 같은 것에 지나치게 신경을 썼기 때문이다. 클라리사는 시대에 뒤떨어진 사람들과 실패자들, 그리고 피터와 같은 낙오자들을 싫어했다. 살아야 한다면, 무언가를 하고 무언가가 되기 위해 노력해야 한다고 생각했다.

그런데 과연 클라리사는 그렇게 단정적인 태도로 삶을 살았을까? 피터가 알고 있는 클라리사는 사실 그렇지 못했다. 브루 턴 부인의 생각이 그 사실을 드러내준다. 클라리사는 아팠다. 브루턴 부인은 정치가들의 아내가 아픈 것을 싫어했으며, 리처 드가 클라리사보다 덜 매력적이더라도 내조를 잘하는 여자와 결혼했더라면 어땠을까, 하고 생각한다. 리처드가 내각에 들어 가지 못한 것이 안타까웠던 것이다. 그것이 옳다 생각한들 어 떻게 한 가지 방식을 고수할 수 있을까. 피터가 지적한 대로 클 라리사는 회의적이다. 그리고 쉬이 좌절한다. 클라리사는 렉섬 경의 아내가 참석하지 못했다고 파티가 실패했다고 생각한다. 또한 파티의 안주인 역할을 하는 것과 달리 전혀 즐기지 못했 다. 자신이 만들고 자신을 중심으로 돌아가고 있는 파티였지만, 자신의 본모습은 없어진 채 층계 꼭대기에 박힌 말뚝이 된 기 분이다. 손님들은 비현실적으로 보였다. 일상이 아닌 파티가 비 현실적인 것이 당연할 수 있다. 비현실적이기 때문에 사람들은 다른 곳에서 말할 수 없었던 것들과 말하기 힘든 것들을 스스 럼없이 털어놓을 수 있는 것이다. 그러나 정작 클라리사 자신 은 그럴 수가 없었다.

소설의 거의 결말에 이르러서야 파티만을 위해 온정신을 쏟 고 있던 클라리사의 이런 내심은 그녀를 당황스럽게 한다. 그러 나 천천히 그녀의 삶의 중심이 한가운데가 텅 빈, 다락방에 놓 여 있었다는 것을 상기해 보자. 그녀는 그녀가 최상의 자질을 발휘할 수 있는 것에 매달려서 주목받아야 했다. 열여덟 살에 수상과 결혼해 대저택의 계단 꼭대기에 서 있게 될 거라며, '완벽한 안주인'이 될 소질이 다분하다고 피터가 놀렸을 때 그녀는 울었다. 그러나 현재의 파티가 열리기 전에는 자신이 파티의 주인으로 계단 맨 꼭대기에 서게 될 것에 몸을 뻣뻣하게 세웠던 클라리사였다. 그녀가 그러는 데는 이유가 있다.

파티 전에 사람들의 반응은 대체로 시큰둥했다. 피터는 '그녀가 왜 그런 파티를 여는 걸까'라고 했으며, 브루턴 부인은 "갈수도 있고 가지 못할 수도 있어요. 클라리사는 기운도 좋아. 나는 파티에 초대되는 게 무서워요. 점점 늙어가고 있잖아요"라고 말한다. 리처드는 클라리사가 파티에 저렇게까지 신경을 쓰는 게 이상하다고 생각했다. 그녀가 파티를 저렇게까지 걱정할줄 알았다면 파티를 열지 못하게 했어야 한다. 미스 킬먼과 밖으로 나가는 딸 엘리자베스에게 "파티 잊지 마! 오늘 저녁 파티 잊지 마!"라고 소리쳤을 때 엘리자베스가 듣지 못하고 외출한 사실에서도 파티는 그 어떤 중요한 의미를 갖지 못했다. 미스킬먼의 반응은 특히 더 부정적이었다. 그러나 클라리사의 초대에 모든 사람들은 한 자리에 모인다. 팔십이 넘은 헬레나 고모까지 지팡이에 의지한 채 파티에 참석한다. 클라리사의 파티를 비난하고 부정하고 심지어 후회하기도 하지만 그들이 거부하지 못한 파티의 의미는 무엇일까?

늦게야 파티에 도착한 윌리엄 부부는 셉티머스 스미스의 죽음을 알린다. 어제와 다르다 할 수 없는 똑같은 오늘, 매일 일어나는 일들 사이에 중심은 있는 것일까. 클라리사가 얼굴도 모르는 셉티머스의 죽음에 대해 공감했던 삶의 중심. 그 중심이 있기는 한 걸까. 그녀는 서펀타인 연못에 1실링을 던진 일 외에 무엇을 던져 본 일이 없다. 셉티머스는 창밖으로 몸을 던졌다. 그가 몸을 던질 때 했던 말은 영어로 "I'll give it you"이다. 이 문장의 한글번역은 각기 다르다. "옛다, 봐라!", "당신을 혼내줄 거야!", "그것을 너에게 주겠다", "내가 당신에게 그것, 삶을 줄게!" 등이다. 영어단어 'it'(그것)에 주의를 모으면, '그것'은 닥터 홈스와 윌리엄 경이 원하는 셉티머스의 육체일 것이다. 그들은 전쟁 신경증에 걸린 셉티머스의 육체를 감금하여 그의 정신을 치료하겠다고 말했다.

한편, 클라리사는 윌리엄 경에 대해 "상대방의 영혼을 질식시키는 남자"라고 규명했다. 만난 적이 없는 셉티머스에 대해 "그 젊은 남자가 그렇게 고압적인 의사를 만난 것이라면? 인생이 너무나도 참을 수 없다고, 저런 사람들 때문에 인생을 참아낼 수가 없다고 생각하지 않았을까"라고 추측한다. 윌리엄 경은 너무나도 옳은, 대단히 현명한 말을 하는 사람이지만 그만큼 그에게서 벗어났을 때면 해방된 기분이 들게 했다.

셉티머스는 자신의 몸을 3인칭으로 전환하면서 자신의 몸을 그들에게 내어준다. 그것은 클라리사의 추측대로라면 자신의 목숨을 담보로 자신의 존재성을 지키려 한 도전에 가깝다. 클라리사는 셉티머스가 과연 지켜내고 싶은 중심의 무언가가 있었을까, 묻는다. 매일 항상 일어나는 사소한 일들 속에 모습을 드러내지 않는 중심. 셉티머스는 그것을 지켜냈을까. 그러나 이내 그 중요한 것에 대한 의구심이 든다. 과연 그 중심이라는 것은 사소한 일들을 쳐내고 희생시킬 만큼 중요한 것일까. 사소한 일들이 더 크게 다가오므로, 그럼에도 그 사소한 일들을 잡념과 잡음이라고 털어내면서 중심을 지켜내는 것이 과연 바람직할까?

아니다, 셉티머스는 죽기 직전까지 매일 꼭 같이 일어나는 일상에 대해 행복하다고 느꼈다. 매일같이 스미스 부부에게 저녁 신문을 가져다주는 어린 여자아이 또한 일상의 행복에 속해 있다. 아이는 문간에서 손가락을 빨고 있고, 아내 레치아는 아이에게 정답게 말을 걸고 입을 맞춘다. 그리고 테이블 서랍에서 사탕 봉지를 꺼내준다. 그러고는 아이와 함께 춤을 추고 팔짝팔짝 뛰며 방을 돈다. 이것은 항상 일어나는 일이다. 이렇게 항상, 매일 저녁 일어나는 일은 셉티머스에게 행복감을 준다. 스미스 부부가 원하는 것은 그저 이러한 소소한 일상을 이어가는 것이다. 바로 이 순간, 레치아는 남편에게 어떤 이야기든 할 수 있었고, 자신들을 갈라놓으려고 하는 세력들로부터 자신들의 행복을 지키려는 결심을 한다.

영국에서 자살은 1961년까지 불법이었다. 윌리엄 경은 자살이 나쁜 혈통 때문에 생긴 비사회적 충동이므로 요양원에서 다스려야 하고, 말을 듣지 않으면 경찰과 사회의 힘을 빌리겠다고 말했다. 따라서 도망치는 수밖에 없었다. 레치아가 남편과 함께 떠나기 위해 짐을 싸려고 하는 순간이었다. 그때 닥터 홈스가 찾아왔고, 셉티머스는 자신들의 삶을 침범당하기 싫었다. 그날 밤 클라리사가 이 모르는 청년의 죽음을 떠올리면서 "만약 죽어야 한다면 지금이 가장 행복한 때"라고 한 혼잣말은 아마 셉티머스가 행복한 그 순간을 지켜내기 위해서 한 행동이라고 느꼈기 때문인지 모른다. 클라리사는 그렇게 오셀로를 떠올렸다.

픽션 밖에서 2

1923년 버지니아 울프는 『캔터베리 이야기』를 읽고 쓴 공책에 그린 파크와 본드가의 지도를 그려 댈러웨이 부인의 산책을 계획하고 있었으며, 피터 월시가 클라리사를 생각하는 몇 페이지에는 셰익스피어를 읽은 메모들이 흩뿌려져 있었다(『버지니아 울프 2』, 802쪽). 독서와 쓰기가 서로 침투하기를 원했던 만큼 버지니아 울프의 쓰기와 독서는 실제의 삶과 소설의 허구 속을 오가고 있다. 『댈러웨이 부인』을 구상하고 『캔터베리 이야기』를 읽은 것이 아니라 『캔터베리 이야기』를 읽다가 『댈러웨이 부인』의 산책을 구상한 것은 우연이다. 그때 다른 책을 읽고 있었더라면 다른 이야기가 나왔을까.

우연한 독서 자체는 여기에서 의미가 없다. 우연한 독서에서 건져낸 것으로 실을 잣고 천을 덧대며 매듭을 만드는 글쓰기로 이어지는 것이 중요하다. 우리는 전지전능할 수 없다. 밤을 새며 어떤 것을 쓸 때 막다른 골목에 이를 때가 있다. (책상 앞을 떠나 방안을 어슬렁거린다. 그리고 먼지가 내려앉은 책들에 새겨진 제목을 스치듯이 바라본다. 시집에서 소설로, 그러다가 손에 잡히는 책 한 권을 꺼내들고 한곳을 펼쳐든다. 그 순간 고민하는 것들은 그 어느 책의 어느 부분에서 해답을 들고 기다리고 있는 것만 같을 때가 있다. 물론 이것은 사실이 아니다. 항상 그 책에 있던 것을 이전의 독서에서는 그냥 스쳐갔을 뿐이다. 그러던 것이 그 순간을 위한 가장 절실한 대답이 된 것뿐이다.)

버지니아 울프의 소설을 이야기하는 이 책에서 재료로 사용하고 있는 책들 또한 필연보다는 우연에 가깝다. 그녀가 읽는 부분에서 다른 어떤 소설의 장면을 연상했다면, 그것은 그녀의 독서범주 내에서 가능하다. 그 책을 읽지 않았더라면, 그녀는 버지니아 울프의 어떤 장면을 도드라지게 느끼지 못했을 것이다. 그리고 이미 지금 그녀는 어떤 소설을 읽지 않았기 때문에 버지니아 울프가 심어 놓은 어떤 장면, 혹은 심상을 대수롭지 않게 여기고 지나가고 있는 중일 것이다. 따라서 이 책 또한 쓰고 싶다는 마음으로 시작한 버지니아 울프 외에 다른 어떤 것도 계획적이지 않다. 마치 낯선 동네를 어슬렁거리다가 찾은 담장의 멋진 벽화나 정원처럼 그녀는 버지니아 울프의 책을 배회하고 있는 것이다.

그것은 해석이나 해설이기보다는 발견에 가깝다. 사유를 통해 발견한 것을 표면 위로 부상시켰을 때 비로소 가능할 법한 진실, 기정사실로 부각되기도 한다. 그녀는 하루 종일 버지니아 울프의 소설을 생각하고 있다. 그것은 단지 소설에 대한 것이 아니다. 그녀의 외면은 아무런 변화를 드러내지 않는 것 같지만, 내면은 이미 깊은 생각들로 도전받고 가동되고 있다. 앞에서 언급한 릴케의 글처럼 한가해 보이는 외면 너머에는 방대한 움직임이 일어나는 것이다. 버지니아 울프가 독서를 통해 '항상 거기 있던 것'을 발견했던 것처럼, 버지니아 울프를 읽으면서 그녀는 자신이 있던 자리에 이미 항상 있던 것들을 발견하기 시작했다.

제프리 초서의 『캔터베리 이야기』는 중세시대 캔터베리로 순례를 떠나기 위해 런던 서더크의 타바드 여관에 모인 서른 명 남짓한 각계각층의 사람들이 순례기간에 서로 돌아가면서 이야기를 들려주기로 한 과정, 그리고 각자의 이야기를 모아 놓은 것이다. '순례'와 '이야기'에서 아이디어를 얻었을까?『캔터베리 이야기』의 독서가『댈러웨이 부인』의 쓰기로 이어졌다니 흥미롭다. 성지순례와 거리산책. 이렇게 써놓고 보니 목적이 있는 걷기와 목적 없는 배회가 가로지른다. 그런데 또 종교적인 목적의 걷기에 세속적인 이야기가 끼어드는 것과 어슬렁거리는 배회에 '존재의 순간들'이 드러나는 아이러니가 내재한다. 무엇이 신성하고 무엇이 그렇지 않은가. 무엇이 가볍고 무엇이 무거운가. 무엇이 현실적이고 무엇이 비현실적인가. 성지순례 자체의 현실은 사람들의 이야기 속으로 숨어 버린다.

버지니아 울프가『댈러웨이 부인』에 심어 놓은 셰익스피어는 상당히 많다. 클라리사와 셉티머스, 피터에게『심벨린』의 4막 2장은 중복적으로 읊어진다.

더 이상 두려워 마라,
태양의 뜨거움을,
또한 광폭한 겨울의 사나움을.

셉티머스에게 셰익스피어는 전쟁 전후에 각기 다른 감수성으로 영향을 미친다. 클라리사 댈러웨이가 셉티머스의 죽음에 대해 전해 듣고 떠올린『오셀로』의 2막 1장에 나오는 오셀로의 대사 전문은 다음과 같다.

내 앞에 선 당신을 여기서 보노라니

내 만족만큼이나 커다란 놀라움을 느끼오.

오, 내 영혼의 기쁨이여,

모든 폭풍 뒤에 이 같은 평온이 깃든다면,

바람은 죽음을 일깨울 때까지 불고 불어,

고생하는 돛단배가 바다의 언덕을

저 높은 올림푸스 산까지 올랐다가

천국에서 지옥으로 떨어지듯 곤두박질치게 하라.

나 지금 죽더라도 지금이 가장 행복하리;

왜냐하면 내 영혼은 절대 만족을 맛보았으므로

이 같은 안락이 미지의 운명 속에서도

계속될까 염려하기 때문이오.

오셀로와 데스데모나는 신분과 나이, 인종을 초월해 진실하고 성숙한 이해와 존중으로 맺어진 부부이다. 두 사람의 사랑은 결코 무너지지 않을 만큼 가장 완벽하고 견고해 보인다. 그러나 이들의 사랑도 이아고의 계략으로 금이 가고 결국 오셀로는 데스데모나를 죽이고 만다. 위의 대사는 두 사람의 사랑이 가장 탄탄할 때 읊어진다. "나 지금 죽더라도 지금이 가장 행복하리." 영원할 것 같은 사랑도 종국에는 끝이 나고 만다. 그 순간의 것을 영속시키는 방법은 어쩌면 죽음을 통해서나 가능할지 모른다. 어떤 임의적인 순간이 두 눈을 크게 뜨고 바라보고 있는 순간에조차 이미 과거가 되는 것은 버지니아 울프의 『등대로』에서 잘 드러나지 않던가.

> 그녀는 문턱을 넘어서면서 잠시 머뭇거렸다. 바라보고 있는
> 동안에도 사라져 가는 그 장면에 조금 더 머물고 싶은 것처
> 럼. 그러고는 민타의 팔을 잡고서 방을 나서자, 모든 것이 달
> 라졌다. 어깨 너머로 마지막으로 한 번 더 돌아보면서, 그것
> 이 이미 과거가 되었음을 알 수 있었다. (『등대로』, 151쪽)

그 사랑과 그 소중한 것이 변하고 퇴색하는 것을 서서히 지켜보면서 늙는 것은 비참할지도 모른다. 셉티머스가 창턱 너머로 몸을 던진 것도 훼손해서는 안 될 그 무엇 때문이 아니던가. 클라리사는 그렇게 믿는다. 그것이 비록 소소한 일상의 행복일지라도 말이다. 자살에 대한 찬양이 아니다. 클라리사는 얼굴도 모르는 청년 셉티머스의 죽음을 불쾌하게 여겼다가 가감없이 받아들인다. 그리고 그가 무언가 지켜낼 것이 있었으리라고 생각했고, 또 그렇게 믿고 싶었다. 죽을 정도로 지켜낼 소중한 것이 무엇일까에 대한 의구심이 아니라 죽을 정도의 결심을 가능하게 한 그 무엇이 있을 것이라는 추측에까지 이르렀다. 클라리사가 던져 본 것이라고는 연못에 던진 1실링짜리 동전뿐

이라고 하지 않았던가.

그녀는 자신이 던졌던 1실링짜리 동전에 담긴 마음의 깊이와 셉티머스가 던진 온몸에 담긴 마음의 깊이에 큰 차이가 있어 괴로운 것이 아니었다. 단지 셉티머스의 절박함 한가운데까지 다가서고 싶었을 따름이었다.

3

당신의 사랑이란 뭐죠?

어떻게든 서로가 서로에게 번져나가는
보이지 않는 것들이 있다.

소설은 사물을 동시에 바라보고 있는 사람들의 마음을 연관짓고 그들의 깊은 심연 속에 보편성을 이어 놓는다. 한 인물의 생각만이 현재와 과거를 오가는 것이 아니라 한 인물이 바라보는 사물에 대한 사유가 다른 사람들로 옮겨 간다. 이는 버지니아 울프가 영화의 몽타주 기법을 차용한 결과이기도 하다. 궁극에는 다툼만 있었던 클라리사와 피터, 그리고 알지 못하는 셉티머스까지 보편적인 공통의 생각에 이르고 있음을 보여 준다. 그것은 어쩌면 영국이라는 공간, 그리고 런던을 공유한 이들이 경험한 공통적인 고통의 기억에서 나온 것이라 할 수 있다. 그들은 오랜 시간 떨어져 있었지만, 그리고 심지어 서로를 알지 못하지만 동시대와 동일한 공간을 나누고 있다는 사실로도 연결되어 있다.

사물의 밀물과 썰물이 일어나는 런던 거리 여기저기에서 그녀는 여전히 살아 있고, 피터도 살아 있다. 서로가 서로 안에서 살고 있었다. 자신이 고향에 있는 나무들의 일부이듯이, 저기 추하고 짜임새 없이 늘어선 집들의 일부이듯이, 만나본 적 없는 사람들의 일부이듯이, 그녀의 존재는 절친하게 지내는 사람들 사이에 안개처럼 퍼져 있었다. (『댈러웨이 부인』, 16~17쪽)

이런 느낌, 결코 홀로 있지 않다는 느낌. 하나의 문화 속에서 단일한 사건을 마주했을 때 우리가 취하는 태도는 공통감각이다. 『댈러웨이 부인』의 내러티브 방식 또한 이러한 내용을 담아낸다. 런던의 지도에서 각자 따로 움직이는 클라리사, 셉티머스, 피터, 미스 킬먼, 엘리자베스로 이어지면서 서로의 고통을 동시에 바라볼 때가 있으며, 바통을 넘겨주듯 한 사람이 던진 사물에의 시선이 다른 한 사람에게로 넘겨지는 것이다. 거리 산책에서 스쳐가는 풍경, 계절의 움직임, 그곳에 없지만 어디에나 퍼져 있는 그의 존재감. 그녀는 그의 삶을 그렇게 횡단하고 있다. 우리는 우리가 만나는 사람들에 의해 영향받게 되어 있다. 책에서 만나는 사람들에 영향받는 것 또한 물론이다. 그들을 통해 나를 바라보게 된다. 클라리사 댈러웨이의 예민하고 까다로운 성향에도 불구하고 삶을 관조하는 태도, 그리고 과거와 현재, 젊음과 죽음을 공존시키는 제의(祭儀) 같은 파티. 그 속에 우주의 순환까지 담겨 있다.

우리의 삶이란 것은 미미하기만 하며, 특히 여자로서의 클라리사의 일상은 정치에 몸담고 있는 남편과 달리 세계를 바꿀 수 있는 것도 아니다. 파티를 준비하고, 드레스를 수선하고, 손님을 맞이하고, 그들의 이야기들을 듣거나 말하는 것이 그녀의 일이다. 그런 그녀가 사람들의 구심점이 되고 있다. 그러나 아무리 보아도 평범함, 의미 없음의 의미를 억척스럽게 보여 주고 있지 않다. 의미 없음의 의미는 단지 반복적 사용을 통해 윤곽을 드러낼 뿐이다. 자꾸자꾸 자국을 내고 비로소 무늬를 남긴다.

댈러웨이 부인은 꽃집 창가에서 폭음을 낸 자동차를 보기 위해 밖을 내다봤고, 셉티머스도 자동차를 바라보고 있다. 피터가 잠들었다 일어난 리젠트 공원에는 셉티머스의 아내 레치아 워렌 스미스가 있었다. 피터는 런던 근교의 중세마을 코츠월드 부어턴 시절의 클라리사를 생각하다가 어린 엘리스 미첼을 보고 있었다. 엘리스는 돌을 줍다가 어느 숙녀의 다리에 부딪쳐 넘어졌고, 그 숙녀는 바로 레치아였다. 이때 피터와 레치아는 리젠트 공원 전철역 바로 건너편에서 노래를 부르고 있던 키가 큰 여자 거지를 보았다.

아이 엄 파 엄 소오

푸 스위 투 이임 우우 —

ee um fah um so

foo swee too eem oo.

오스트리아 시인 헤르만 길름의 시로 알려진 이 시는 리하르트 슈트라우스가 작곡한 「만령절」에서 이렇게 불려진다.

그 5월의 만령절처럼 나에게

사랑의 손을 살며시 주십시오.

당신의 달콤한 시선을 나에게 던져주십시오.

1년 동안에 단 한 번의 날,

거인의 넋이 해방된다는 만령절에는

부디 내 가슴에 또 다시 돌아와 주십시오.

그녀는 나이도 성도 분간할 수 없는 목소리로, 피터와 레치아가 있는 지금이 아니라 몇 세기 전에 죽어 잠든 자신의 연인과 함께 걸었던 5월을 노래하는 듯했다. 그녀는 왠지 천만 년 후에도 구걸을 하면서 저렇게 저 자리에 서 있을 것만 같다. 전쟁 전에 시를 쓰던 셉티머스에게도 그의 시를 첨삭해 주던 사랑하는 사람이 있었다. 그러나 전쟁이 일어나자 군대에 지원했고, 겨우 살아남아 숙소로 배정받은 밀라노 여관집의 딸과 결혼했다. (그 여관집의 딸 레치아는 물리적으로만 셉티머스의 곁에 있다, 고 그녀는 생각했다. 그러나 전쟁을 겪고, 친구를 잃고, 아무 감정도 느낄 수 없는 상태를 지나고, 다시 그것에 대한 기억에 함몰되어 버린 셉티머스를 비난할 수도 없다. 전쟁 전에 시를 읽고 쓰던 그 마음, 셰익스피어에 대한 마음을 더 이상 가질 수가 없을 만큼 그는 불행한 존재이다.)

스트랜드가에서 엘리자베스가 바라본 빛과 그림자는 어느새 셉티머스의 시선 속으로 건너와 있다. 그리고 그의 육체 안의 마음은 말한다. '더 이상 두려워 마라.' 그는 두렵지 않았다. 매 순간 자연은 벽을 따라 도는 저 어룽대는 금색 얼룩——저기, 저기, 저기——으로 즐겁게 힌트를 보여 주었다. 깃털 장식을 휘두르며, 치렁치렁한 머리를 흔들며, 망토를 이리저리 아름답게 흔들면서, 입가에 두 손을 오므리고 셰익스피어의 말을 속삭여 주었다.

이러한 이어짐은 클라리사의 초월적인 이론을 반영한다. 자신이 한 번도 이야기해 본 적이 없는 사람들과 심지어 나무들, 헛간에서도 이상한 친근감이 느껴지는 것. 밖으로 드러나는 부분은 보이지 않는 부분과 비교하면 너무나도 덧없는 것이지만, 보이지 않는 부분은 널리 퍼져 나가 계속 살아남을 것이었다. 그리고 죽음 이후에도 이 사람 저 사람에게 달라붙거나 어떤 장소들에 출몰하게 될 것이다. 이와 같은 초월적 이론은 『싱글맨』의 조지에게로도 이어진다.

> 그러나 마침내 긴 하루가 끝나고, 밀물 때인 밤이 온다. 바닷물이 밀려들어서 웅덩이를 뒤덮듯, 잠든 조지와 사람들도 다른 바닷물, 의식의 바닷물에 잠긴다. 특별히 어느 한 개인의 것이 아닌 의식, 모든 사람과 모든 것, 과거와 현재와 미래를 담은 의식, 가장 높이 뜬 별까지 쭉쭉 뻗는 의식. 우리는 직감으로 분명히 느끼고 있는지도 모른다. 만조의 어둠 속에서 이 생명체들 몇몇은 웅덩이를 빠져나와서 더 깊은 바다로 떠돌아다닌다고. (『싱글맨』, 211~212쪽)

소설의 화자는 이어서 조지의 죽음을 가정한다. 그것은 클라리사의 예감처럼 언제든지 일어날 수 있는 일이듯이 '오늘밤이 바로 그때'라고 가정한다. 조지는 점점 늙고, 조만간 너무 늦은 때가 찾아올 것이었다. 그러나 현재에 조지는 살아야 한다. 살아서 사랑을 해야 한다. 그러나 또 혹시 죽음이 찾아온다면 그는 그가 아는 이들과 바닷물에 잠겨 서로 섞이고 과거와 현재, 미래를 이룰 것이다.

사랑으로 인생을 망친 것 같은 피터는 쉰세 살에 사랑에 또 빠져 있지만, 정작 자신의 모습을 주장하기보다는 원래 자신의 모습으로부터 도망칠 수 있는 자유를 만끽하고 싶어 한다. 그는 더 이상 다른 사람들이 필요치 않았다. 인생 그 자체, 인생의 순간순간, 그것의 방울방울, 여기, 이 순간, 지금 이 햇빛 속에, 리젠트 공원에 있는 것만으로 충분했다. 그는 인생을 장난처럼, 허구처럼 조롱하고 싶은 것 같다. 낯선 사람들 속에서 그는 여전히 매력 있는 사람임을 증명해 보이고 싶은 충동에 빠진다. 장난을 치면 통할 것 같은 생각이 들기도 한다. 방금 클라리사를 만나고서 느꼈던 어떤 상실감으로 그는 화가 났고 우울했다. 그 기분에서 벗어나려는 듯 그는 허구 같은 현실을 만들어 보기 위해 주저하지 않는다.

트라팔가 광장을 가로지르다 그가 발견한 젊은 여인을 쫓아간 것 또한 장난이자, 지어낸 삶이다. 소설은 세 페이지에 걸쳐 그런 허구를 할애한다.

'같이 가서 아이스크림 먹을래요?'
'네, 그러죠.'

피터는 이런 상상을 하며 여자를 쫓아간다. 여자는 그렇게 피커딜리를 건너 리젠트가 위로 올라섰고, 옥스퍼드가와 그레이트 포틀랜드가를 건너 작은 골목길로 들어선다. 그러고는 피터 쪽을 한 번 바라보더니 열쇠로 문을 열고 안으로 사라진다.

그것으로 끝이다. 피터는 이 에피소드를 반공상 같은 현실이라고 생각한다. 분명 일어났지만 누구와도 공유되지 않는 산산이 부서지는 공허한 실체. 피터가 쫓아간 그녀는 그런 존재였다. 그리고 이런 반공상이 피터를 설명하는 전부라 해도 과언이 아니다. {피터를 설명하는 전부는 그의 비현실적인 면모이다.} 클라리사는 그의 그런 일면을 알아보았던가. 30년 전에도 가지고 있던 주머니칼을 지금까지도 가지고 장난을 치는 피터가 클라리사에게는 더없이 어리석고 공허하게 보였다.

그런데 무엇이 현실이란 말인가. {또는 진실이란 말인가. 그녀는 '버드나무와 강, 강으로 이어져 내려간 정원들, 지금은 그 너머로 안개가 껴서 어렴풋이 보이지만 햇빛 속에서는 황금빛, 붉은 빛으로 빛날 그것들 중에 어느 것이 진실이고 어느 것이 환상일까요?'(『자기만의 방』, 27~28쪽)라고 묻는 버지니아 울프의 목소리를 떠올리려 한다.} 리젠트 공원에서 피터가 잠에 빠져 꾼 꿈은 현실이 아닌가. 버지니아 울프에게는 현실성이라는 재능이 없었으며, 그것은 그녀 자신이 현실성을 믿지 않기 때문이었다(블랑쇼, 『도래할 책』, 196쪽). 피터가 꾼 꿈은 앞서 여자를 쫓아갔던 것보다 훨씬 더 현실적이다. 그가 여자를 쫓은 것은 차라리 그의 성격에 가깝다. 쉰세 살에도 거침없이 생성되는 모험심이다. 그러나 꿈은 그의 진실을 유일하게 보여 주는 상징이다. 피터는 꿈에서 환상에 압도되어 이 세상에 대한 모든 관념을, 이 세상으로 돌아오고 싶은 소망을 빼앗기고, 죽음이라는 평화를 얻는다. 어떤 형상, 바다에서 올라온 듯한 하늘과 나뭇가지로 만들어진 형상이 연민과 이해와 용서를 퍼붓는 것만 같다.

전쟁·국가·개인

피터는 이제 현실이라고 명명하는 것들, 거실의 램프 불빛과 읽던 책과, 담뱃대와, 방을 청소해 달라고 터너 부인을 부르는 행위 모두를 그만두고 싶다. 그냥 그 형상을 향해 가면, 그 형상이 자신을 태우고 자신을 바람에 날려 사라지게 할 것이었다. 이 이야기를 소설의 어떤 결정성 안에 머물게 할 수 있을까? 이 이야기는 『댈러웨이 부인』의 전체에 피터가 기여하는 부분이다. 클라리사가 생각했던 죽음, 셉티머스가 직접 가닿는 죽음과 연결되지만 피터의 것은 가장 미결정적인 죽음이다. 피터가 꿈에서 본 전사한 아들을 찾는 어머니의 형상, 그리고 선 채로 뜨개질을 하는 여인들과 정원의 땅을 파고 있는 남자들은 불과 몇 년 전에 있었던 1차 세계대전의 상흔이다. 전쟁에 대해 한마디 언급도 없던 피터의 꿈속을 지배한 전쟁. 그것은 전쟁을 딛고 일어서야 할 국가주의관에 모든 국민이 가담해야 함에도 불구하고 그들의 내면에서는 아직 끝나지 않은 사건으로 흉터를 남기고 있는 것이다.

　현실감 없는 도시

　겨울 새벽의 갈색 안개 밑으로

　한 떼의 사람들이 런던교 위로 흘러갔다.

　그처럼 많은 사람을 죽음이 망쳤다고 나는 생각도 못했다.

　이따금 짧은 한숨을 내쉬며 각자 발치만 내려 보면서

　언덕을 넘어 킹 윌리엄가를 내려가

　성 메어리 울노스 성당이 죽은 소리로 드디어 아홉 시를 알

　리는 곳으로

　거기서 나는 낯익은 자를 만나

　소리쳐서 그를 세웠다. "스테슨!

　자네 뮐라에(Mylae) 해전 때 나와 같은 배에 탔었지!

　작년 뜰에 심은 시체에 싹이 트기 시작했나?

　올해엔 꽃이 필까?

　혹시 때 아닌 서리가 묘상을 망쳤나?

　오, 개를 멀리하게. 비록 놈이 인간의 친구이긴 해도

　그렇잖으면 놈이 발톱으로 시체를 다시 파헤칠 걸세. …

　피터가 꾼 꿈의 장면은 T.S. 엘리엇의 『황무지』 1장 「죽은 자
의 매장」이 교차한다. 『황무지』는 울프 부부가 운영했던 호가

스 출판사에서 초판이 나왔다. 피터가 부정적으로 바라본 영웅주의는 소설에서 클라리사, 셉티머스, 브루턴 부인을 통해 조명된다. {'황량하고 쓸쓸합니다, 바다는.'}

　클라리사가 파티를 위해 꽃을 사러 나온 거리에 수상인지, 왕인지, 왕비인지 알 수 없지만 지체 높은 사람이 승차한 차의 타이어가 터지자 제각기 무질서하게 행동하던 사람들은 엄청난 감정변화를 일으킨다. 한 가지로 수렴되는 단어: '애국심'. 모자가게와 양복점에 있던 모두가 서로를 쳐다보며 전사자들과 국기와 대영제국을 떠올린다. 뒷골목 선술집에 있던 대령이 윈저왕가를 모욕하자 맥주잔이 깨지며 난장판이 벌어졌다. 떠나 버린 차가 일으킨 동요가 아래로 가라앉으면서 마음속 깊은 무언가를 건드린 것이다. 그들의 조상이 그랬듯 필요하다면 군주를 위해 대포 아가리에라도 뛰어들 자세를 취했으며, 제복을 입고 총을 멘 소년들은 영국에 대한 의무, 감사, 충성, 사랑의 표정을 짓고 핀스베리 보도에서부터 빈 무덤까지 화환을 들고 가고 있었다. 그리고 이 모든 것들은 '빈 무덤'에서 멈춘다.

　'빈 무덤'은 1919년에 세워진, 1차 세계대전 전사자들을 위한 기념비이다. 영국에는 전쟁터에서 전사한 군인들의 시신을 본국으로 후송하지 않는 관습이 있었다. 전쟁터에 묻었던 관습대로 그들은 돌아오지 못했고, 대신 빈 무덤만이 남았다. 국가 영웅주의와 달리 셉티머스는 '이런 세상'에 아이를 낳을 수는 없다고 생각한다. 자신의 고통을 영속시킬 수 없으며, 늘 변덕과 허영심으로 이리저리 쏠리는 음탕한 인간이라는 종족을 더 늘어나게 해서는 안 될 것이었다. 한편, 브루턴 부인은 계속해서 증가하는 인구문제를 해결하기 위해 전도유망한 청춘 남녀들을 캐나다로 이주시키려는 계획을 갖고 있었으며, 그것이 애국이라고 생각했다. 그녀는 휴와 리처드를 초대한 오찬에서 그와 같은 의사를 내보였다.

내가 죽으면, 나에 대해 이것만 생각해주오;
영원히 영국 땅이 된 이국 들판의 어떤 구석진 곳이 있었다
는 것을,
그곳 비옥한 땅에 보다 비옥해진 티끌이 묻히리라는 것,
영국이 낳고, 기르고 깨닫게 했으며
한때는 사랑하도록 꽃을 주고 헤매도록 길을 주었던 티끌,
영국의 공기를 숨쉬고, 고향의 강물에 씻겨지고,
고향의 태양에 축복받은 몸이.

울프 부부와 가깝게 지냈다는 루퍼트 브룩의 시이다. 1차 세계대전의 특이한 현상으로, 영국군에서 복무했던 루퍼트 브룩과 같은 젊은 상급 장교들이 다량으로 시를 썼다. 이 시는 그가 1914년에 쓴 시로, 당시 팽배했던 영웅주의, 국가주의를 그대

로 느낄 수 있다. 1차 세계대전이 끝나고 아직 전쟁의 상흔이 곳곳에 남아 정신적·물질적으로 피폐해진 시기였다. 불행하게도 사랑하는 가족과 친구를 잃었더라도 국가 영웅주의의 명제 아래서 개인적인 슬픔과 고통을 스스로 억제하는 것을 시대의 미덕으로 생각했다. 국가 지상주의가 개인주의를 억압하는 사회에서의 개인감정은 무가치하게 여겨졌고, 개인은 전체주의적 정치권력 집단 밑에서는 보잘것없는 존재에 불과했다. 피터가 꾼 꿈은 이와 같은 국가주의에 개인주의를 희생시키는 사회정치 담론에 대한 버지니아 울프의 비판 섞인 시선으로 볼 수 있다.

20세기에 들어서도 영국의 지배논리는 19세기 빅토리아 사상인 다윈주의에서 벗어나지 못하여 적자생존법칙이 당시 정신사조에 큰 영향을 끼쳤다. 결국 개별적 자아의 존재들은 현실 세계의 실존을 위해서 타자 존재들과의 끊임없는 투쟁과 갈등을 겪을 수밖에 없었다. 버지니아 울프는 "전쟁이 만들어 낸 어떤 감정도 좋아하지 않는다"고 쓰면서, 애국심을 "진짜 감정에 대한 감상적이고 감정적인 모방들"(니콜슨, 『버지니아 울프』, 253쪽)이라고 비판했다. "의미도 쓸모도 없는 전쟁"이라는 생각을 했던 남편 레너드 울프는 전쟁을 승리로 이끌어야 할 병사들을 찬양하는 말을 하지는 않았다. 그는 루퍼트 브룩과도 결별했다.

한 번은 쿠마에서 나도 그 무녀가 조롱 속에 매달려 있는 것을 직접 보았어요. 애들이 "무녀야, 넌 뭘 원하니?"라고 물었을 때, 무녀가 대답했지요. "죽고 싶어."

앞에서 본 T.S.엘리엇의 『황무지』의 시작에 앞서 나오는 희랍신화 속 무녀이다. 그녀는 앞날을 점치는 능력이 뛰어나서 아폴로 신에게서 손 안에 든 먼지만큼 많은 햇수의 장수를 부여받는다. 그러나 젊음을 청하는 것을 잊어 세월이 지나 영원히 늙고 메마른 상태에 이른다. 이것은 죽음보다 못한 상태의 황무지를 상징한다. 온몸이 쪼그라들어 새장 속에 구경거리가 된 무녀는 그만 죽고만 싶다. T.S.엘리엇은 전쟁으로 피폐해진 인간의 삶은 더 이상 구제할 수 없다고 보았다.

4월은 가장 잔인한 달,
죽은 땅에서 라일락을 키워내고
추억과 욕정을 뒤섞고
잠든 뿌리를 봄비로 깨운다.
겨울은 오히려 따뜻했다.
잘 잊게 해주는 눈으로 대지를 덮고
마른 구근으로 약간의 목숨을 대주었다.

똑같은 전쟁에 대한 인식이 완전히 대립적이다. T.S.엘리엇이 바라본 전쟁은 전혀 희망 없는 삶을 남겨 놓았다. 4월 같이 아름다운 봄이 잔인한 이유는 만물이 소생하는 계절과 대립적으로 인간의 삶은 누추하기 때문이었다. 전쟁의 상흔과 실업으로 인간세상이 더욱 참혹하다는 사실이 드러났으므로 차라리 혹독한 겨울이 동등한 위치에 있는 것 같아 위로가 될 만했다.

결혼·의무

그러할진대 인간에 대해 평가한다는 것이 무슨 의미가 있을까. 버지니아 울프가 17세기 시인 존 던의 시 「습기」를 인용하여 썼듯이 인간의 몸을 잘라서 '각 부분을 검사해' 본다 해도 우리는 의사처럼 인간이 왜 그러한지 '그 이유를 모를 것이다'. 그렇게 많은 다른 요소들이 어떻게 함께 모여 한 인간을 구성하는지 알 수 없는 것이다(『버지니아 울프 문학 에세이』, 50쪽). 브루턴 부인조차 이 사람이나 저 사람이나 크게 다르지 않다고, 때문에 클라리사처럼 남을 비난하거나 칭찬하거나 차별하는 것은 무의미하다고 생각한다. 그러나 이미 우리가 알아차렸듯이 클라리사 또한 브루턴 부인과 마찬가지로 이런 사실을 잘 알고 있었다. 이제 어떤 사람에 대해 이렇다 저렇다 말하고 싶지 않았다. 사람들은 마음대로 요약되고 끝내 버리고 되돌릴 수 없다(『버지니아 울프 2』, 783쪽).

표면에 드러난 태도와 옷차림, 말투가 그를 둘러싸고 있지만 전부로 비친다 해도 전부라 할 수는 없다. 사람들은 그 이상 더 알 필요 없다고 생각하지만, 그 이상은 알 수가 없기 때문이다. 중심인물이라 할 수는 없지만, 휴 휫브레드에 대한 작중인물들의 여러 평가가 그 사실을 알려준다. 그는 동일한 인물이지만 동시에 다면적인 부분, 혹은 보는 사람의 관념(이미 클라리사가 미스 킬먼에게서 느꼈던 증오의 정체처럼)에 달려 있다. 따라서 버지니아 울프의 소설들은 '그들이 이렇다, 저렇다'라고 말하는 어려움에 관한 것이다(『버지니아 울프 2』, 783쪽).

휴 휫브레드는 피터가 칭한 '일급시종'으로, 의회에서 작은 직무를 맡고 있지만, 무엇보다 그 직위를 즐기고 있다. 자기 일을 무척 능률적으로 해내며 분수를 아는 사람. 그가 우스꽝스럽게 비치는 것은 필요하지 않을 때조차 작은 예의와 전통적인 격식을 차리고, 눈치가 없기 때문이다.

그는 20년 동안이나 알아온 브루턴 부인의 식사에 초대될 때마다 늘 한 다발의 카네이션을 내밀었다. 부인의 비서인 브러시 양, 여성적인 매력이 부족한 그녀에게도 늘 남아프리카에 있다는 그녀 동생의 안부를 물었다. 하지만 브러시 양은 그런 질문을 받으면 속으로 화가 났고, 그래서 동생이 실은 6년이라는 세월을 포츠머스에서 아주 어렵게 지내고 있는데도 "감사합니다. 남아프리카에서 아주 잘 지내고 있답니다"라고 답하곤 했다. (『댈러웨이 부인』, 151쪽)

비록 효자이고 성실한 사람이었지만 매사가 지나칠 정도로 진지하다는 것은 우스꽝스럽다. 바로 이점을 클라리사는 소설 초반에 높이 사기도 했지만, 화자조차 그런 흠를 폄하하는 어조를 내비친다. 앞서 그의 작은 책무와 수행능력을 "자기 일을 무척이나 능률적으로 해내는 사람"이며, "당대의 중요한 운동에 참여하거나 중요한 직책을 맡은 적은 없지만, 한두 가지 소박한 개혁은 그의 공이었다"(『댈러웨이 부인』, 150쪽)고 옹호했음에도 말이다.

단일한 마음, 한결같은 인격의 똑바른 선들은 불가능하리라. 리처드는 브루턴 부인의 집에서 피터가 돌아왔다는 소식에, 브루턴 부인도, 휴도, 리처드도 동시에 똑같은 일을 회상한다. 피터가 클라리사를 정열적으로 사랑했으나, 거절당하고 인도로 가버린 일을(『댈러웨이 부인』, 155쪽). 그런데 어째서 그 순간 리처드는 무언가를 들고 집으로 들어가고 싶었을까. 오늘 오찬에서 피터 얘기가 나왔을 때 그녀에 대해 느꼈던 사랑이라는 감정을 축하하기 위해서도, 장미든 난초든 들고 가야 할 것 같았다. 한때 그는 피터를 질투한 적이 있었다. 그러나 클라리사는 여러 번 자신이 피터와 결혼하지 않은 건 잘한 일이라고 했다. {사랑하지 않은 것이 잘한 일이 아니라, 결혼하지 않은 것이 잘한 일이라고 말했다.} 리처드는 꽃을 내밀면서 "당신을 사랑하오"라고 말해 주겠다고 결심한다.

그는 결국 말하지 못한다. 마음속으로 주저하는 동안 클라리사는 "피터를 보니 '당신과 결혼할 수도 있었는데'하는 생각이 퍼뜩 들더군요"라고 말한다. 그 말을 들어서인지, 리처드는 여전히 클라리사를 향해 사랑한다고 말하지 못한다. {말하지 못하는 것도, 말할 수 없는 것도 하나의 습관처럼 굳어졌기 때문이다.} 대신 그는 점심을 먹은 후 한 시간은 푹 쉬어야 한다는 말을 하면서 클라리사를 놔두고 다시 일을 하러 나간다. 그녀의 모든 어려움을 해결해 주고는 하원 위원회에 들어갔겠지만, 그가 정말로 모든 어려움을 해결해 준 것은 아니었다. 사람들이 '클라리사 댈러웨이가 복에 겨웠다'고 말하는 것이 거짓은 아니지만 전부는 아닌 것이다. {리처드와 클라리사 사이에는 채워질 수 없는 간격이 있었다. 그러나 그것은 너무나 당연한 것이라고 그녀는 생각한다.} 그녀는 갑자기 견딜 수 없을 정도로 심하게 자신이 불행하게 느껴졌다.

견딜 수 없을 정도로 심하게 자신이 불행하다고 느낀 클라리사는 불행의 이유를 찾기 시작한다. 파티였다. 피터와 리처드

둘 다 비판했던 파티. 그녀가 볼 때 그 비판은 부당했다. 피터는 그녀가 뽐내며 위엄을 부린다고 생각했다. 유명한 사람들, 거창한 명사들을 주변에 두는 걸 좋아한다고, 한마디로 속물이라고 여긴 것이다. 리처드는 그녀가 심장이 좋지 않음에도 불구하고 파티 문제로 심장을 자극하는 것은 어리석다고, 어린애 같다고 생각했다. 그런데 파티는 그녀가 삶을 사랑하기 때문에 여는 것에 지나지 않는다. 삶을 사랑하는 증거인 것이다. 그녀는 그렇게 자신의 불행의 원천을 찾아낸다. 그러나 피터가 '그 파티의 의미가 뭐요?'라고 묻는다면, 모호한 답밖에 찾아내지 못할 것이다. 그녀는 역으로 그런 질문을 할 피터를 비난한다. 인생이 그렇게 단순하지만은 않다고, 늘 사랑에만 빠진 그에게 '당신의 사랑이란 뭐죠?'라고 묻고 싶었다. 그럼에도 불구하고, 그녀가 사랑한다고 주장하는 삶, 그 자체가 기묘한 것이다. 그리고 그녀의 해답은 절묘하다.

동시간대에 어딘가에 존재할 사람들, 그들은 전혀 상관없이 살고 있다. 그들을 묶을 수 있는 것은 무엇일까? 이 동네와 저 동네에 분포되어 있는 인구가 그러할진대 사람들은 분명 여기저기에 존재한다. 특정 장소에 가면 특정 목표를 가진 사람들이 모여든다. 그러나 그 업무가 끝나면 다들 어딘가로 뿔뿔이 흩어진다. 어딘가에 이러저러한 사람들이 있다는 것을 클라리사조차 의식한다. 그녀는 끊임없이 그들의 존재를 의식하며, 그들이 그렇게 따로 있는 것이 헛되고 안타깝게 느껴졌다. 그들을 서로 알게 하기 위해 파티를 여는 것이다. 그녀는 그것을 '봉헌'이라고 부른다. 그것은 삶에 대한 그녀의 '봉헌'인 것이다. 서로를 결합시켜 새로운 관계를 만들어 내는 것이 자신이 맡은 일이라고 생각한다. 비록 사색을 하거나 글을 쓸 줄 몰랐으며, 아르메니아 사람들과 터키 사람들을 혼동했지만, 그녀의 임무였다. "자질구레한 것들이 춤추며 몰려왔다. 지금 당장 그녀는 전화를 해야만 했다"(『댈러웨이 부인』, 186쪽). 이와 달리 미스 킬먼은 앞에서 본 대로 클라리사 댈러웨이가 은혜를 베푸는 듯 군다고 생각한다. 이렇게 사치한 환경 속에서는 더 나은 세상을 위해 일할 수 없다고 경멸하는 것이다.

그러나 원래부터 의미 있는 일은 없다. 누가 봐도 별 의미 없는 일에 내 스스로 의미를 부여할 때만 의미가 생겨난다. "마음은 사소하거나 환상적이거나 희미하거나 강철처럼 예리한 온갖 인상을 받아들인다. 헤아릴 수 없는 원자들이 끊임없이 쏟아지는 소나기처럼 모든 방면에서 쏟아지는 가운데, 월요일 또는 화요일의 인생으로 서서히 형성되면서 이전과는 다른 강세로 떨어진다"(『보통의 독자』, 377쪽). 그때의 온갖 사소한 것들이 나를 완성할 것이다.

미스 킬먼의 눈에 부정적으로 비친 클라리사 댈러웨이의 삶 또한 표상과는 다른 이면으로 싸여 있다.

픽션 밖에서 3

버지니아 울프는 아침 10시부터 오후 1시까지 글을 쓰고 오후에 아침에 손으로 쓴 것을 타이핑했다(니콜슨,『버지니아 울프』, 93쪽). 규칙적인 글쓰기와 독서가 이어졌으며, 결코 쓰고 있는 책에서든 읽고 있는 책에서든 떠나지 않았다. 그녀는 헌신적으로 노동을 하듯이 글을 썼다. {버지니아 울프는 소명을 가지고, 그 무게를 견디며 균질의 삶을 부여하면서 자신을 지탱한 것이 아닐까? 그렇지 않다면, 무너져 버릴 것이었다, 라고 그녀는 생각한다. 이미 여러 차례 무너지지 않았던가? 그 자체로 의미 있는 것은 없다. 의미를 부여하는 것에 의미가 생긴다. 쓰지 않는다면 몰라도 쓰기 시작한다면 멈추지 않을 것이다. "누가 알까? 일단 펜을 들고 쓰기 시작해 버린 뒤의 일을."(블랑쇼,『도래할 책』, 197쪽)}

그사이 신경을 긁을 정도로 앙칼지게, 그리고 크게 웃는 옆 테이블의 여자 때문에 생각은 끊기고 만다. 그 여자를 곁눈질로 한참을 바라보았다. 그렇게 큰소리로 웃는 옆 좌석 여자의 삶보다 내 삶이 더 나을 게 무엇인가, 하고 그녀가 생각한다. 대화 한마디 하지 않는 이 몰입은 세상과의 불투명한 경계를 이룬다. 무더운 8월이 세상을 정지시킬 것 같다가도 지나갔으며 그렇게 9월이 왔다. 지금 이 순간에 쓴 과거형은 어느 순간에는 미래였고 어느 순간에는 현재였으며 이미 지나간 과거가 되었다. 이 책은 그런 시간성을 드러낼 터이지만, 그녀가 속한 바로 그 시간과는 무관한 상태로 독자에게는 외연의 것이 될 것이다. 그녀가 경험했다고 하는 것은 이미 창밖 거리에 집요하게 쏟아지는 빛에 의해 녹아 버려서 퇴색되거나 비현실적인 다른 질감들이 되고 말 것이다. 어제 이곳에 앉아 있던 순간은 이미 사라졌다. 단지 반복적인 장면처럼 달라붙어 있을 뿐이다. 리처드의 경우처럼 하지 않는 것도 습관이 되지만, 반복은 습관이 된다. 그녀의 몸은 반복적인 행동을 기억하고 어제보다 자연스럽게 움직인다.

그렇게 몸담고 있는 이 현실세계에 그녀의 눈과 귀는 세상 사람들을 바라보며 그들의 이야기를 띄엄띄엄 듣고 있지만, 그녀는 여러 면에서 이곳에 있지 않다. 그들과 눈이 마주친다 해서 서로를 알아차리는 것은 아니듯이, 그녀는 지금 밀려오는 생각들로 인해 이미 다른 곳으로 이동하고 있다. 마치 다른 세계를 투과하는 느낌이다. 꽤 오래, 아마 대여섯 시간은 될 것이다. 그렇게 글쓰기의 세계 속에 머물다가 이따금씩 다시 나오곤 한다. 물론 그 이동이 항상 자유자재로 되는 것은 아니다. 언제든지 딱딱한 컴퓨터 모니터에 막힐 때가 있는데, 그 순간의 그녀는 지속적인 집중의 어려움에 처해 있기 때문이다. "아무것도 없다, 우리 중 그 누구에게도 아무것도 없다"는 버지니아 울프의 말에서 배어나오는 공허함으로부터 출발하여 뭔가를 보기 시작하는 것은 현실적 삶의 초월이다. 정작 버지니아 울프조차 자신을 의심했다. 그러나 이런 연약함은 그녀의 예술에는 필수적이었다. 그녀는 자신의 나약함을 아직도 초월하지 못했다. 여전히 생각은 잘게 쪼개지고 현실의 사물들이 개입된다. 그녀는 그렇게 산만한 채로 길 위에 서 있다.

토시를 낀 소녀

이 소설에는 토시를 낀 소녀가 두 번 등장한다. 토시를 낀 소녀는 등장인물이었을까? 앞에서 잠시 언급했는데, 「토시를 낀 소녀」는 클라리사 댈러웨이의 집에 걸려 있는 화가 조슈아 레이놀즈 경의 판화 작품이다. 그럼 토시를 낀 소녀는 중요한가, 아닌가. 처음에 「토시를 낀 소녀」는 엘리자베스와 함께 집을 나서던 미스 킬먼의 눈에 띈다. 댈러웨이 가에서 유명예술작품을 소장하고 있다는 데 대한 미스 킬먼의 비판적 시선에 들어온 작품이다. 그리고 파티 당일 저녁 「토시를 낀 소녀」는 클라리사의 시선을 받으며 다시 한 번 주목을 받는다. 그녀는 토시를 낀 소녀에게 눈길을 주다 미스 킬먼을 떠올린다.

본다는 것은 순수한 창에 비치는 사물과는 전혀 다르다. 본다는 것은 기억이며 연상이다. 동시다발적으로 불러일으키는 기억의 망에 걸려드는 이미지이다. 토시를 낀 소녀의 어떤 모습이 미스 킬먼을 연상시킨 것일까. 닮아서가 아니다. 미스 킬먼은 클라리사에게 증오의 대상이지만, 동시에 하나의 도전, 삶에 대한 팽팽한 도전을 불러 모으는 관념 자체였다. 미스 킬먼을 미워하면서 증오를 키운 것은 미스 킬먼을 괴물처럼 상상해 낸 클라리사의 허구에 지나지 않았다. 클라리사가 그 사실을 파티가 시작되기 전에 깨닫는다는 것은 의미심장하다. 그렇다면 이 그림 자체는 의미가 없는, 감정의 해소지점 정도일 것이다. 클라리사와 미스 킬먼은 끝내 화해하지 못한다. 대신 이 그림을 통해 미스 킬먼에 대한 자신의 본심을 보여 준다.

셰익스피어의 『심벨린』이나 『오셀로』의 대사는 어떠한가.

더 이상 두려워 마라,
태양의 뜨거움을,
또한 광폭한 겨울의 사나움을.

나 지금 죽더라도 지금이 가장 행복하리;

이 대사들이 『댈러웨이 부인』에 아무 의미를 부여하지 않는다고 말할 수는 없다. 버지니아 울프가 어떤 시에선가 가져온 시구들은 읽는 사람에 따라 엄청난 상징성을 띨 수 있다. 그렇다 해도 작가가 묻어 둔 것들을 전부 의미화시켜야 할까. 「토시를 낀 소녀」는 하나의 이미지이지만, 미스 킬먼과 클라리사가 전혀 다른 방식으로 그림을 바라본다는 점 자체에서 의미를 찾을 수 있을 것이다. 우리가 어떤 사물을 바라볼 때, 그 사물 자체의 진리에 도달하지 못하는 것은 미스 킬먼과 클라리사가 전혀 다른 생각을 했듯이 사물로부터 촉발되는 다른 연상기억들로 이동하기 때문이다. 즉 바라본다는 것은 망막에 걸리는 형체와 색깔, 명도 따위에 덧입혀지는 변형된 현실인 것이다. 따라서 토시를 낀 소녀는 중요할 수도 있고 중요하지 않을 수도 있다.

파티, 다시 삶

지연시켰던 파티의 의미에 대해 이제는 답해야 한다. 어째서 '파티'로 계속해서 이야기를 수렴시키려고 하는 것일까, 의구심이 생길 수도 있다. 사실은 버지니아 울프가 파티를 지연시키고 있었다. 파티는 궁극의 지점에 놓여 있는 것이다. 그녀 또한 작품의 가장자리를 빙빙 돌고 있었다. 그녀는 독서활동이 단편적인 의미를 끄집어내는 것이 아니라 독서 자체의 의미화 과정이 일어나야 한다고 하면서도, 부분적으로 주석처럼 의미를 달고 있다. 「토시를 낀 소녀」의 그림이 중요한지 아닌지, 전쟁이 작품 전체에 큰 의미가 있는지, 없는지 식으로 말이다. 그러면서도 '파티' 하나만을 지연시키고 있다.

'지연'은 단지 이야기를 미루는 것이 아니라 효과이다. 독자의 궁금증을 증폭시키려는 효과인 것이다. 그런데 독서활동은 반드시 어떤 것에 귀착하려 한다. 마음속에 항상 자신에 대한 어떤 공식화된 정의 및 해석을 찾는 작업이 진행되기 때문이다. 그녀도 마찬가지다. 부단히 그녀의 과거, 현재, 미래 또는 그녀의 환경 및 세계에 의미와 질서를 주려고 노력하고 있는 것이다. "세상의 기초들, 일상이라는 직면한 환경 그리고 소설 속 기초 간의 연관성을 읽어내려 하는 것이다"(수전 스튜어트, 『갈망에 대하여』, 25쪽).

앞에서도 말했듯이 파티는 비현실성의 이미지를 가진다. 일상과는 좀 다르게 자신을 다른 존재가 된 듯 보이게 하며 손님들도 비현실적으로 보인다. 차려입은 옷이며, 분위기가 비현실적이므로 사람들은 파티에서 스스럼없어질 수 있다. 일상 속에서 파티를 이야기할 때와는 다르게 파티장에서 사람들은 호의적이 된다. 클라리사가 파티에 헌신하는 이유, 그리고 파티에 사용할 꽃을 사기 위해 문을 열고 나가는 것은 피터가 생각하듯 속물적인 취미가 아니라, 그녀가 생각하는 삶의 의미를 보충하기 위한 것이다. 그녀의 생각이 피터를 통해 이미 30년 전에 전달된 바와 같이 내가 모두와 연결되어 있다는 생각, 심지어 나무와 하늘과도 하나인 것 같은 느낌 말이다.

　그럼에도 불구하고 사람들은 각기 다른 장소에, 각자의 방에서 서로가 모르는 상태로 살고 있다. 이들을 모이게 하려는 마음으로 자신의 장소를 내어주기 위해 문을 여는 정도가 아니라 아예 돌쩌귀에서 떼어내고 창문까지 연다. 아마 어쩌면 이곳에는 이미 죽은 사람들의 유령들도 모여들 것이다. 여든이 넘은 헬레나 고모에서부터 너무나 평범해 보이는 수상이, 명문가 출신의 브루턴 부인이, 가난한 친척 엘리 헨더슨이, 젊은 게이턴 경과 블로 양이, 딸 엘리자베스가, 옛 친구 샐리와 피터가, 브래드쇼 부인이 가져온 셉티머스의 소식이 있었다. 그들은 썩 어울리지 않는 것 같지만 파티라는 특이성 때문에 한 장소에 뒤섞일 수 있었다.

　클라리사가 파티에 집착하는 이유가 삶을 사랑하기 때문이라는 것과 중첩되듯이 그 자리에 모른 척할 수 없는, 어디에나 드리우고 있을 죽음이 있다. 과장이 아니다. 늘 죽음을 생각하고 있던 버지니아 울프로 보았을 때, 클라리사가 생각하는 '하루를 살아내는 것도 대단히, 대단히 위험한 모험'과도 같은 맥락이다. 클라리사는 거리를 바라보면 자신 혼자 멀리, 바다 멀리 나와 있는 느낌이 들었다. 빛의 핵심인 정적을 들여다보며 아무것도 알 수 없었다. 죽어 가는 트리스탄에게 '황량하고 쓸

쓸합니다, 바다는'이라고 말할 때의 목동의 느낌이 전해온다.[*]

완성되는 삶. 다층적인 면모를 조합한다 한들 그 사람이라 할 수 있을까. 언어는 진실을 말해 주는 대신 진실을 완성하려 든다. 진실은 존재하는 것이 아니라 결정론적이다. 피터는 클라리사가 파티에 매달린다면서 세속적이라고 비난했지만, 바로 그 파티를 열려고 했던 클라리사의 의도를 피터는 벌써 알고 있다. 그것을 파티와 묶어 내지 못할 뿐이다. 대신 피터는 클라리사에게 '절묘한 희극적 감각'이 있다고 생각했다. 그 감각을 발휘하기 위해서는 반드시 사람들을 필요로 했다. 그녀가 파티를 여는 이유는 그 때문이며, 무의미한 얘기들, 마음에도 없는 이야기들을 하면서 그녀의 예리한 지성이 점점 무뎌졌다는 것이다.

그러나 클라리사는 자신이 모든 곳에 있는 것처럼 느껴진다고 말했었다. 여기가 아니라 모든 장소에 있는 것 같고, 저 모든 것이 나 자신이라고, 때문에 나를, 아니 그 누구라도 제대로 알려면, 그를 완성시켜 준 사람들이나 장소를 찾아내야 한다고 말했다. 이런 생각은 피터에게 많은 영향을 끼쳤다. 클라리사는 냉정하고, 귀부인 같고, 신랄하게 비판적인 모습으로, 혹은 황

---

* 중세 연애담을 오페라로 만든 바그너의 「트리스탄과 이졸데」에서 트리스탄은 애인 이졸데를 기다리다가 이졸데의 배가 도착하기 직전에 숨을 거둔다.

홀할 정도로 아름답게, 낭만적으로 원하지 않는데도 그의 앞에 나타났다. 이러한 인간의 영향력. 원하는 방식이 아니라 해도 어떻게든 서로가 서로에게 번져나가는 보이지 않는 것들이 있다. 말투이거나 취향이거나 사소한 태도이거나 사상일 수도 있다. 피터가 비판하는 클라리사의 여러 면모가 리처드의 영향인 것과 마찬가지로 그렇게 오래 떨어져 있었음에도 피터의 인생 전반에 클라리사의 영향은 컸다. 옆에 있든, 멀리 있든 기억은 신념처럼 굳어져 서로를 향해 뻗어 나갔던 것이다.

4

부엌 식탁을 경험한다는 것

신비스럽게도 거기 누군가가 있다는 느낌이
사물마다 그림자처럼 드리우고 있다.

『댈러웨이 부인』에서 『등대로』가 오버랩되는 순간은 인간을 평가하는 문제와 마주할 때다. 클라리사도 브루턴 부인도 인간에 대한 평가를 한다는 것이 무슨 의미일지 의문을 제기한 바 있다. 『등대로』에서 릴리 브리스코 또한 궁극적인 인간의 평가는 어떻게 이루어지는지 질문한다. 봉합되어 있는 상태의 사람들의 마음에 대해서 어떻게 알 수 있을까? 그런 사람들을 어떻게 판단할 수 있는 것이며, 어떻게 이런 것 저런 것을 합해서 좋아하는 것 혹은 싫어하는 것이라는 결론을 내리는 것일까? 『댈러웨이 부인』의 인물들은 각기 다른 인물들의 기억과 판단에 따라 가감되며 완성된다. 그런데 그 인물들을 설명하는 화자는 누구인가? 그들 또한 확실하지 않은 추상적인 존재들로, 모순적이고 결핍되어 있다. 그러한 모순과 결핍은 소설의 오류가 아니라 인간의 오류인 듯하다.

　릴리 브리스코는 램지 가족의 가장자리에서 구경꾼처럼 일어나는 모든 일을 관찰한다. 여덟 명의 자녀를 둔 램지 부부를 둘러싼 손님들이 런던에서 삼백 마일 떨어져 있는 이들의 여름 별장을 드나든다. 『댈러웨이 부인』이 파티를 구심점으로 동선이 움직인다면, 『등대로』는 내일 가기로 한 등대를 중심으로 인물들의 이야기가 시작된다. 여덟 명의 아이로 둘러싸인 램지 부인과 그녀를 늘 방해하는 주변인들이 있다. 그녀는 좌중을 관장하고 상대를 불문하고 영향력을 행사하는 인물이다. 그 영향력이 모두에게 뻗치고 있는 것에 대해 릴리 브리스코는 약간의 불만, 부정적인 시선을 가지고 있었는데, 특히 램지 부인의 진리, 즉 결혼하지 않은 여인은 인생의 최상의 것을 놓친다는 말에 대해 반대의견이 입속을 맴돌았기 때문이다. 릴리 브리스코는 '돌봐 드려야 하는 아버지가 계시다고, 관리해야 할 가정이 있노라고, 심지어는 용기만 있다면 그림 그리는 일이 있노라'고 말하고 싶다. 까다로운 클라리사와는 달리 다정하고 성실한 전형적인 가정주부인 램지 부인이지만, 클라리사와 미스 킬먼을 보듯 램지 부인과 릴리 브리스코는 대립적인 구도에 있다. 물론 클라리사와 미스 킬먼만큼 램지 부인과 릴리 브리스코는 성격적으로든 시선으로든 대담하지 않다.

　릴리 브리스코의 입속에 맴도는 말, '돌봐 드려야 하는 아버지'와 '관리해야 할 가정', 그리고 '그림'은 램지 부인 앞에서 꺼내놓을 수 없을 정도로 너무 순진하고 너무 작은 변명 같이 느껴졌다. 램지 부인은 하나됨, 친밀함 그 자체를 원하고 있었다. 그러나 인생에 대해 확신을 느끼는 이와 같은 램지 부인 또한 자식들과, 심지어는 남편과도 나눌 수 없는 실질적인 어떤 것, 은밀한 어떤 것, 즉 인생을 느끼고 있었다. 언어로 표출되지 않아 분명하지 않지만 생성되는 심상들, 나아가 실질적인 어떤 것, 은밀한 어떤 것은 분명히 존재하고 있으며, 그녀와 인생 사이에 진행되고 있는 싸움이기도 했다.

그렇다면 동질의 내용을 다르게 표현하는 것이 차이를 만들까?『댈러웨이 부인』의 클라리사는 미스 킬먼을 증오했다. 그것은 증오의 관념을 키워내면서 증폭된 하나의 덩어리로 클라리사의 마음에 굳건하고 정당하게 존재했으며, 그녀에게 일종의 생명력을 제공했다. 그녀의 나약함을 강하게 만들어주는 저항이 살아낼 힘이 되기도 하는 것이다.『등대로』에서 릴리 브리스코가 램지 씨에 대해 느끼는 감정이 그러하다. 아이가 여덟이나 되는 램지 가족에 대한 부정, 헌신적인 램지 부인과, 자신에게 몰두되어 있는 폭군적인 램지 씨를 모두 부정하고 싶은 마음이 있었지만, 그들을 보는 순간 그들은 사랑의 눈을 통해서 볼 수 있는 세상의 일부가 되었다. 이와 같은 서로 가지고 있지 않은 것에 대한 교차된 감정은 댈러웨이 부인과 미스 킬먼, 램지 부인과 릴리를 관통하여 나간다. 기혼의 자녀를 둔 두 여성과 미혼의 자기 직업 또는 전망을 가진 여성 ──미스 킬먼은 교사이고, 릴리는 화가이다. 클라리사와 미스 킬먼, 램지 부인과 릴리 브리스코는 서로를 질타한다. 그리고 사랑한다. 「토시를 낀 소녀」를 보며 미스 킬먼에 대해 자신이 가지고 있는 두 마음이 증오와 사랑이라고 했던 클라리사. 릴리 브리스코가 램지 부인에게 느끼고 있는 감정 또한 비슷하다.

삶은 그렇게 단순한 것이 아니었다. 릴리가 결혼에 대해 무관심한 것과 별도로, 램지 씨와 램지 부인, 그리고 여덟 명의 아이들에게 셀 수 없이 사소한 사건들이 연속적으로 일어났지만, 그 모든 것을 전체로서 품고 있는 그 무엇이 있었다. 그것은 '떠다니는 구름과 굽어 휘는 나무를 바라보면서 삶이 하나씩 살아가는 작고 분리된 사건들로 구성된 것에서 하나의 파도처럼 곡선을 이루고 온전한 전체가 되는 양상을 목격하는 것'과 같은 것이었다.

이음선 없는 소설 안과 밖

"엄마, 나를 사랑하면 여기에 앉아."

앉아 있는 카페에 다섯 살쯤 된 꼬마가 뛰어 들어와 자리를 잡고는 엄마에게 하는 말이다. 그녀는 『등대로』에 빠져 있던 모든 생각들로부터 깨어났다. 이 아이, 제임스와 닮았다. 손꼽아 내일 등대에 가기만을 고대하고 있는 램지 부부의 막내아들이다. 램지 부인은 등대에 가져갈 긴 양말을 짜다가 주둥이가 쇠바늘로 얼기설기 얽혀 있는 여러 색깔의 양말을 집어 들고 제임스의 다리에 대어 보면서 길이를 맞추고 있었다. 솔리의 아들에게 양말을 줄 계획이었다.

9월 중순의 어느 날 6시. 제임스의 다리에 양말을 대보는 시간 동안 램지 부인의 머릿속에는 쏜살같이 이 생각 저 생각이 스친다. 중국 여자의 눈매를 한 릴리 브리스코가 스쳐갔으며, 거기에 윌리엄 뱅크스가 나타났다. 릴리의 매력은 머리가 좋은 사람이라야 알아차릴 수 있었다. 문득 그 두 사람이 결혼해야 한다는 생각이 램지 부인의 머릿속에 떠올랐다. {댈러웨이 부인은 잠시 머뭇거리다가 릴리 에버릿이 시를 읽는 똑똑한 아가씨라는 것을 상기하고, 그녀에게 어울리는 젊은이가 있는지 파티장을 둘러보았다. 버지니아 울프의 단편 「소개」에 등장하는 댈러웨이 부인이다. 젊고 매력적인 아가씨를 가만 두어서는 안 된다는 생각에 고착된 점은 램지 부인과 같다. 그러나 릴리 에버릿은 자신에게 다가오는 댈러웨이 부인이 짓는 호의적이지만 위압적인 미소와 설렘에 대해 두려움을 느낀다. 릴리 에버릿은 댈러웨이 부인으로부터 자신과 마찬가지로 퍼시 셸리를 좋아하는 남자를 소개받는다. 그는 릴리에게 시를 쓰는지 묻는다. 그녀는 평론을 쓴다고 대답한다. 그렇게 말했지만 두렵다. 어째서? 남자의 기를 죽이는 것이니까? 그녀는 의아했다. 릴리 에버릿이 자족한 것은 문명의 모든 중요한 사건을 남자들이 만들었다는 사실이다. 셰익스피어의 직계 후손은 자신과 같은 여자가 아니라 바로 저 젊은 남자이다. 마치 평론을 쓴다는 자신의 대답이 남자에게 거슬렸을까봐 그녀는 이 모든 사실들을 떠올린다. 그런데도 남자는 파리를 잡아 날개를 잡아 뜯으며 자기 자랑을 늘어놓기 시작했다. 릴리는 그녀의 몸이 움츠러들며, 마치 자신에게 날개가 있기라도 한 듯 납작하게 접으려고 애썼다. 마침내 남자가 그녀에게서 돌아섰다. 두려움이 밀려왔다.)

그 와중에 램지 부인은 자신들이 머물고 있는 여름별장의 상태에 주목하게 된다. 집은 초라해져서 손댈 곳이 많았지만 그도 마땅치가 않다. 이때 창문을 열지 않고 문을 닫는 하녀들의 습관을 탓하게 된다. 창문은 열어야 하고 문은 닫아야 한다는 것이다.

남편은 내일 등대에 갈 생각에 한껏 기대에 부푼 제임스에게 감추지도 않고 "내일 날씨는 좋지 않을걸"이라고 말한다. 찰스 탠슬리조차 "제임스, 등대에는 절대로 못 가"라고 말한다. 논리를 대며 말하는 어른들의 언사에 대해 램지 부인은 못마땅하다. 과학을 들이대며 정확성을 추구하는 대신 다른 사람들의 감정쯤은 중요하지 않다는 말투이다. 그녀는 다른 사람들의 감정에 대한 배려가 결여된 채 진리를 추구한다는 것이 무의미해 보였다. 진리만을 추구한다면 인간다운 예의를 무참히 짓밟는 것이었다.

옆 좌석의 아까 그 꼬마의 엄마는 "그럼, 너를 사랑하지 않을래"라고 말한다. 아이는 좌절하지 않는다. 막무가내로 엄마를 자신이 원하는 자리에 앉힌다. 그녀의 생각은 뒤섞인다. "런던의 심장 한복판에서 소설을 쓴다는 것은 거의 불가능에 가까운 일이야. 미친 듯이 바람이 부는 가운데 돛대 끝에 깃발을 매다는 것 같은 기분이야"(『버지니아 울프』, 142쪽). 『등대로』를 쓰고 있던 버지니아 울프는 비타 새크빌-웨스트에게 이렇게 말했다. 그녀도 버지니아 울프와 마찬가지의 기분에 빠져든다. 그러나 대안은 없다. 문이 열리는 아주 잠깐의 순간에 새어 들어오는 열기조차도 숨을 막히게 한다. 열린 장소의 소음과 적절한 합의에 이르러야 한다.

대신 다른 생각에 가닿는다. 공간이 주는 이 느낌, 소란스러운 외부와 완전히 차단하지 못하고 뒤섞여 버리는 마음에 대해 생각한다. 그리고 그보다 더 시끄러운 마음속의 잡음들을 떨쳐 내려는 절박함에 대해 생각한다. 글은 고요하고 평화로운 상태에나 가능한 일이라 여겼다. 깊이 가라앉아 바닥에서 유동하는 바닷속 유체처럼 천천히 촉수를 오므렸다 폈다 하는 상태를 유지할 수 있는 호흡을 가져야만 가능하다고 생각했다. 끊이지 않는 마음속의 잡음을 물리칠 수 없다면, 램지 부인의 그것처럼 싸워야 하는 것이 아닌가. 자신을 체험해야 하는 것이다, 주관적인 동시에, 객관적으로 말이다. 중요한 것은 마음은 믿을 수 없다는 것이다. 그럼에도 그 마음에 가장 많이 의존한다는 것이다. 쉬이 변해 버리는 마음이지만, 또한 가장 현재형인 관점의 지평이기도 하다.

그 앞에 놓인 물질로서의 책은 아무렇게 펼쳐져 있다. 독서를 할 요량으로 펼치지 않는 이상 그것은 종이로 된 사물 이상의 것이 아니다. 지금 손에 닿은 책상의 모서리와 다를 바 없다. 책상의 모서리는 닳고 깨져 있다. 그녀는 그것을 쓰다듬어 본다. 거칠거칠한 질감이 세월을 느끼게 한다. 멈추지 않는 생각들이 모이는 곳이 책상 앞이다. 물론 이곳에서 많은 잡념에 사로잡히기도 했으며, 가장 고독한 시간을 보내기도 했다. 사물들은 그냥 그렇게 존재하는 것이 아니다. 앞에서 이야기한 대로 그것들은 마치 원래의 자리에 있었던 듯 자연스럽다. 그저 그냥 움직이지 않는 것이 아니라 그녀와 더불어 몰두하고 있다. 책은 그녀가 몰두하는 시간마다 언제 펼쳐질지 모른다는 듯이 준비하고 있는 듯하다. 책은 그저 책이 아니라 "작품에 대한 긍정으로서의 동의"(블랑쇼, 『문학의 공간』, 285쪽)이다. 책을 펼치고 읽어 나가는 동안 의문이 떠올라도 근본적인 동의가 없다면 읽어 나갈 수 없는 것이다. 따라서 가장 현재형인 마음에 책이 들어

서서 그 마음을 가득 채우는 순간 책은 더 이상 물질이 아닌 것이다.

그렇게 그녀의 마음을 가득 채우고 있음에도 불구하고, 그녀는 『등대로』를 지속적으로 읽지 못하고 자꾸만 멈칫거리고 있다. 드문드문 문장들만 떠오른다. 그녀(릴리 브리스코)는 그(앤드루)에게 그의 아버지가 쓰는 책들의 주제가 무엇이냐고 물은 적이 있었다. "주체와 객체와 리얼리티의 속성"이라고 앤드루는 대답했다. 그녀가 어머나 그게 무슨 뜻인지 전혀 모르겠노라고 하니까 그는 "그러면 그곳에 있지 않을 때의 부엌 식탁에 관해서 생각해 보세요"라고 말했다. 그리하여 이제 그녀는 램지 씨의 저술을 생각할 때에는 항상 깨끗하게 문질러 닦은 부엌 식탁을 생각하게 되었다(『등대로』, 47쪽).

'주체와 객체와 리얼리티의 속성.' 내가 부엌 식탁을 경험한다는 것은 반드시 내가 부엌 공간에 있지 않더라도 식탁이 그곳에 있다는 것을 알고 있는 것이다. 그것을 눈으로 보고 있는 순간만이 리얼리티가 아니라, 그것의 존재여부를 인식하고 있는 것이 리얼리티다. 릴리가 더 이상 이 세상에 존재하지 않는 램지 부인을 바닷가 별장에서 느낄 수 있는 것은 기억 이상의 강렬한 리얼리티다. 그녀는 보지 않고서도 모서리가 닳고 깨진 책상이 언제나 자신의 방에 있으며 그 위에 놓인 책들과 사물들 또한 그대로 존재하고 있다는 사실을 알고 있다.

완전히 혼자가 될 수는 없다

버지니아 울프의 언니 바네사가 인정했을 정도로 램지 부인은 그들 어머니의 모습을 고스란히 담고 있다. 바네사는 죽은 어머니가 살아 일어난 것 같다고 했다. 버니지아 울프는 언니가 책을 읽기 전까지는 자신이 쓴 작품들 중에 『등대로』에 대해 가장 자신 있어 하면서도, 여전히 비평에 대한 불안과 공포를 가지고 있었다. 특히 언니의 반응이 걱정이었다. 『등대로』에서 릴리 브리스코 역시 마찬가지로 버지니아 울프의 불안과 공포를 그대로 드러내 준다. 릴리는 그림을 그린다. 그리고 누군가가 그것을 보는 것에 대해 두려워한다.

> 그녀는 해내야 한다고 생각했다. 그녀는 누군가가 자기의 그림을 바라보는 이 끔찍한 시련을 견뎌내기 위해서 마음을 다져먹었다. 견뎌내야 한다. 기필코 견뎌내야 한다. …… 누구라도 그녀의 삼십삼 년 인생의 잔여를 보아야 한다는 것. 매일의 삶이 그 모든 세월을 살아내면서 말로나 행동으로나 표현한 적이 없는, 한층 은밀한 어떤 것과 섞인 것을 보여야 한다는 것은 고통스러운 일이었다. 동시에 그것은 엄청나게 흥분되는 일이기도 했다. (『등대로』; *To the Lighthouse*, p.58)

우리는 이런 문장에서 보편성을 느낀다. 일상의 기호에 대한 울림의 성격을 띤 문학의 보편성일 것이다. 『댈러웨이 부인』에서 클라리사가 느꼈던 사람들과의 이어짐, "사우스켄싱턴에 이러저러한 사람이 있고, 위쪽 베이스워터에도 누군가가 있다. 메이페어에는 또 다른 사람이 있다. 그녀는 끊임없이 그들의 존재를 의식하며, 그들이 그렇게 따로 있는 것이 헛되고 안타깝게 느껴졌다"(『댈러웨이 부인』, 177쪽)나 『싱글맨』의 조지가 느끼는 하나됨 혹은 다른 사람들과의 이어짐과도 연루되는 것을 우리는 동감했다. 『등대로』에서 램지 부인이 느끼는 느낌을 읽으면 이런 이어짐, 혹은 하나됨의 초월적 사고가 어째서 이와 같이 공통적인지를 묻게 된다.

> 이제 그녀는 그들 사이를 유령처럼 다녔고, 그 특정한 날이 그 긴 이십 년이라는 세월 동안 거기 그대로 남아 있었다는 사실이 그녀를 황홀감에 젖어들게 했다. 그녀가 변화하는 동안 그 날이 이제는 대단히 조용하고 아름다워진 상태로 존재한다는 사실을 매우 신기하게 느끼고 있었다. (『등대로』, 164쪽)

그런데 의미심장한 뱅크스 씨의 생각이 이어진다. 사람들은 곧 뿔뿔이 흩어진다는 사실이다. 그는 램지 부인의 동정을 살 만큼 외롭지는 않다. 오히려 자유롭게 작업하기 위해 혼자 식사를 하고 싶었다. 초대를 거절할 수 없는 램지 부인과의 오랜 우정 때문에 램지 씨의 집에 와 있지만 이 모든 것은 가치가 없는, 시간 낭비였다. 그는 혼자이고 싶었고 책을 읽고 싶었다. 그 우정마저도, 심지어 최상의 그것도, 허물어지기 쉬운 나약한 것이라는 생각이 갑자기 떠오른다. 우리는 이어지고 하나되는 것이 아니라 '떨어져 나가기도 한다'. 나는 궁극적으로 개별적인 육체로 이루어진, 소유물로서의 자족적인 '나'이기 때문이다. 그렇다 하더라도 훗날 바닷가 별장에는 뱅크스 씨를 포함한 여러 사람들이 모인다. 마치 램지 부인이 살아 있던 그날, 양말을 짜던 그때, 더 이상 등대에 가지 못하게 되어 버린 순간을 다시금 불러내어 재현하듯이 말이다. 램지 부인은 더 이상 그 장소에 없지만, 수 년이 지나서도 모두가 그녀를 느낄 수밖에 없는 것은 육체적 단수성에도 불구하고, 자족적인 나만이 존재할 수 없기 때문이다.

반드시 칭찬을 들어야만 하는, 타인의 격려를 받아야만 하는 기질의 소유자이면 당연히 당신은 불안해지기 시작한다(『등대로』, 200쪽). 램지 씨에 대한 이 문장은 이 소설이 버지니아 울프의 아버지가 모델인 만큼 그녀의 아버지와 유사하다. 마찬가지로 버지니아 울프 자신의 성향이기도 한지라 재미있다. 그녀는 탈고할 때마다 출판사의 편집자와 비평가들이 자신의 책을 어떻게 평가할지에 대해 굉장히 불안해했다.

램지 씨는 교수이자 학자인데, 책을 읽으면서 이것과 저것의 무게를 저울질하고, 심사숙고하며 비교하지만, 자신에 관해서는 그렇지 못했다. 이 사실이 램지 부인의 신경에 걸렸다. 그는 끊임없이 자신의 저서에 관해서 걱정을 하고 있을 것이었다. 읽힐 것인지, 질이 우수한지, 왜 좀 더 낫지 못한지, 사람들은 그에 관해서 어떻게 생각하는지? 이 모든 것이 램지 부인의 눈에 조용히 담기지만, 그러나 불만으로 들어차 있다. 램지 씨는 사람들이 그의 책을 완전히 간과해 버렸을 때 아내에게 짜증을 내고 신경질을 부렸다.

이 책을 시작하면서 꺼냈던 조지 기싱에 대해 버지니아 울프가 쓴 에세이를 여기에서 다시 기억해 내는 것이 좋겠다. 작가의 사적인 이야기가 조지 기싱의 책에만 있을 법이 없다. 버지니아 울프는 작가와 그의 주인공을 동일시하는 공감이 대단히 열렬한 열정이라고 하면서, 마치 소설 읽기란 "작가의 얼굴을 발견하는 수수께끼를 풀어야 하는 기술적인 게임인 듯하다"(『버지니아 울프 문학 에세이』, 250쪽)고 썼다. 그러나 그녀가 강조하는 위대한 소설가란 "그의 등장인물들 안팎으로 넘나들며 우리 모두에게 공통되는 것으로 보이는 요소로 등장인물들을 가득 채운다"(『버지니아 울프 문학 에세이』, 250쪽). 버지니아 울프는 『등대로』에서 자신의 부모님을 모티프로 삼고 있다. 그러나 바로 인간 모두에게 공통되는 요소, 나약함과 허무, 삶의 고통, 죽음이 그들 등장인물들을 보편성으로 채우고 있다.

　　살아온 모든 삶과 살아갈 모든 삶이
　　나무들과 철 따라 달라지는 잎사귀들로 가득하다네.

　램지 부인은 그런 남편을 불만스럽게 생각했지만, 표현한 적은 없다. 소설 3부에서 이 사실은 릴리 브리스코의 기억에서 더 분명하게 드러난다. 따라서 1부에서 해설적이지 않은 서술형식 때문에 마치 반쯤 열어 둔 창문으로 바람이 들어와 커튼 자락을 흩날리듯 슬쩍슬쩍 속내를 이야기해 주는 것 같다. 독자는 놓치고 지나가기 일쑤다. 소설은 전반적으로 과거에 대한 인상들, 마치 시시각각 변하는 파도처럼, 또는 릴리의 붓터치처럼 사건들을 중화시키고 심상들에 관심을 기울이고 있지만, 사람에 대해 '그들이 이렇다, 저렇다'라고 말하지 않는다.

　이것은 버지니아 울프의 소설이 궁극적으로 이야기하려는 것이기도 하다. 3부의 11장에서 릴리는 생각한다. "다른 사람들에 대해 갖고 있는 생각의 상당 부분은 따지고 보면 이상야릇하고, 결국 자기 자신의 입장에 맞추기 마련이니까. …… 제대로 보려면 눈이 50쌍은 있어야겠다고, 50쌍의 눈으로도 그 한 여자를 온전히 보는 데는 충분치 않으리라고 그녀는 생각했다"(『등대로』, 259~260쪽). 그중에는 분명 부인의 미모에 완전히 무감각한 눈도 있을 터였다. 공기처럼 섬세한, 은밀한 감각이 있어야 열쇠 구멍으로 숨어들어 뜨개질을 하거나 이야기하는, 창가에 말없이 앉아 있는 부인의 모습을 온전히 둘러싸고, 증기선의 연기를 보듬는 공기처럼 그녀의 생각과 상상과 욕망을 소중히 모아 간직할 것이었다.

픽션 밖에서 4

그런데 이렇게 공통의 감각을 비교하는 것이 무슨 소용일까? 일찍이 에리히 아우어바흐는 그의 책 『미메시스』에서 『등대로』를 다루면서, 램지 부인이 아들 제임스의 다리에 대고 등대에 가져갈 양말을 짜면서 떠오르는 심상을 담고 있는, 길지만 한 장면만을 가지고 소설 전체를 관통하는 비평을 했다. 재미있는 것은 에리히 아우어바흐가 이 책을 쓰게 된 환경이다. 베를린에서 태어난 그는 1차 세계대전에 참전한 후 로맨스어 문학을 전공하고 가르치게 된다. 그러나 이후 나치 정권의 유대인 박해 때문에 타국인 터키 이스탄불에서 오랜 세월을 보내게 된다. 이때 『미메시스』의 집필을 하는데, 도서와 자료가 제대로 갖추어지지 않은 척박한 연구 환경 때문에 오히려 대작을 완성할 수 있었다. 그는 참고할 자료가 거의 없었으므로 1차 텍스트에 해당하는 원작품을 충실하고 정밀하게 독서할 수밖에 없었다. 이와 같은 독서방향이 오히려 그의 깊은 통찰을 엮어 내게 하는 기회가 되었다.

그의 연구 환경과 정반대로 인터넷과 스마트폰의 급진적인 발달은 우리로 하여금 단 몇 초 안에 세상의 모든 지식에 가닿을 수 있게 만들었다. 굳이 소설 원작을 읽지 않아도 더 친절한 방식의 줄거리며, 상징이며, 인물묘사를 요약 정리한 글들을 수도 없이 찾아낼 수 있다. 혹은 소설 원전을 시각적으로 재해석한 영화들을 보는 방법도 있다. 그렇다면 우리가 책을 읽는 것의 의미는 아무것도 없는 게 아닐까? 특히 책 한 권을 반복해서 읽는다는 것은 속도가 제일 중요한 세상에서 헛된 짓에 불과하다. 독서를 지지하는 사람들과 그녀는 어떻게 해답을 제시할 것인가. 책은 아무리 난해해도 공통의 기호로 되어 있으므로 이야기 요소를 뺄 수 없다. 그 이야기를 몇 줄로 요약하는 것은 어렵지 않다. 그러나 그 이야기에 해당하는 줄거리가 무슨 소용일까. 줄거리란 소위 말해서 시간적인 흐름에 따른 정리이다. 한 사람의 인생을 전형적인 구조방식에 담아내서 이야기할 수는 있다. 적어도 20세기 이전까지의 소설은 그것이 가능했다. 세상은 하나의 완전체였고, 이야기 또한 탄탄한 일면의 구조를 가질 수 있었다. 그것이 사람들의 외부세계에 대한 믿음이기도 했다. 그러나 세상은 달라졌다. 세상이 달라졌다는 의미에는 일면 대신 다면적인 층위들이 시시각각 생겨났고 변하거나 쉽게 사라졌다는 것이 포함된다.

이제 세상의 표층이 아니라 개별적인 마음에 굴절되는 심상에 비치는 세상, 마치 빛이 흔들리듯이 흐려졌다 분명해졌다가 사라져 버려서 결코 언어로 건져낼 수도 없을 것 같았던, 명치 끝에 툭하고 내려앉는 볼 수 없는 마음들의 안타까움이, 혹은 슬픔에 삶이 아롱거리는 것이 인식되기 시작했다. 이와 같은 것들을 소설 곳곳에 박아 놓았으므로 줄거리에 해당하는 외적 사건이 중요하지 않은 게 되고 말았다. 문제는 이런 심상들의 언어적 표현을 읽어낸다 해도 요약할 수 없다는 것이다. 따라서 에리히 아우어바흐는 소설의 한 부분을 마치 뗏장을 떼어내듯 표본화했다.

내적 사건을 일일이 나열하다 보면, 소설을 전부 다시 쓰는 결과를 가져온다. 한 부분을 조명하면서 이 소설의 궁극적인 것이 무엇인지를 보여 주려고 한 에리히 아우어바흐의 독해 방법은 따라서 비교우위에서 최고라 할 수 있다. 그런데 역시 그의 성과에도 불구하고 『등대로』를 읽어내는 것은 어렵다. 그조차도 모더니즘 계열의 버지니아 울프의 소설 전반을 조망해 낸다. 다시 말해, 『등대로』가 훌륭한 소설이기는 하나 한 번의 줄달음에 읽지 못하게 한다는 점은 변하지 않는다. 내용을 요약하거나, 누구든지 공감할 표현들에 밑줄을 치는 것이 고작인 것이다.

『등대로』는 3부로 되어 있다. 에리히 아우어바흐는 1부에 해당하는 「창」의 일부를 비평의 표본으로 삼았지만, 2부 「시간이 흐르다」에 더 큰 마음이 드리운다. 1부 「창」이 램지 가와 램지 부인의 존재성을 드러냈다면, 2부 「시간이 흐르다」는 램지 부인이 죽은 후 더 이상 아무도 오지 않는 텅 빈 별장이 묘사된다. 3부 「등대」는 드디어 다시 모인 가족들이 등대에 가게 되기까지의 장면을 모은 것이다. 「시간이 흐르다」는 「창」의 면면들을 거울처럼 비추고 있다.

「창」은 다음날 날씨가 좋으면 등대에 가기로 한 램지 부인이 양말을 짜면서 떠오르는 심상들과 저녁식사 모임에 관한 것이다. 저녁식사는 그녀가 주도하고 있는데, 바로 그 저녁식사에서 램지 부인이 자리를 뜨자마자 사람들이 흩어지는 장면이 나온다. "그들은 중심을 잃고 흔들리면서 각기 다른 방향으로 흩어졌다"(『등대로』, 209쪽). 단지 임의적인 저녁식사 자리조차 램지 씨가 아닌 램지 부인이 움직이게 하고 완성시키는 것임을 알 수 있다. 그녀의 아름다움과 음식솜씨가 개인마다 귀찮기도 한 식사자리에 모두 모이도록 한 것이다. 오늘과 같이 아이들은 언제든 '이 밤, 이 달, 이 바람, 이 집으로 돌아올 것'이라는 그녀의 생각, 자신이 '그들의 가슴 속에 감겨들어가 그들이 아무리 오래 살아도 그들에게 기억되리라'는 생각이 램지 부인에게 채워진다. 그러나 이러한 생각은 언제나 어떤 비운의 결말을 그림자처럼 드리운다. 소설은 바로 그녀의 기대와는 정반대로, 인생이 여러 변수들과 위험들로 위협받고 배반당하는 법이라는 사실을 보여 준다.

「시간이 흐르다」의 짤막한 열 개 장은 과거에 해당하는 「창」과 현재에 해당하는 「등대」 사이에 사진첩을 끼워 둔 것 같다. 시간이 흐른다는 것은 삶이 변한다는 것일까. 램지 부인이 창조하여 마치 결정된 사항처럼 보였던 것들이 어떤 계기로 인해 변해 버렸다는 것일까. 아니, 총체적으로 삶에서 영원한 것은 없다는 것일까. 제목만으로도 이미 모든 것을 예상할 수 있다는 것은 슬픈 일이다. 어떻게도 숨길 수 없는 전조가 경험 많은 독자들에게 드러난다. 역시 전조였다.

1부의 끝에 영원한 순간으로 점철되는 램지 부인의 슬픈 모습. 얼굴표정이 아니라 그녀가 그녀로서 파악되는 형상 속에 포화상태의 아름다움과 슬픔이 채워져 있다. 그 이상은 없을 것이다. 그것은 죽음을 암시하는 종결의 분위기다. 창가에 서서 짜다 만 양말을 들고 있던 그녀는 그 자체로 사진을 찍힌 듯 그대로 간직될 스틸사진이었다. 그리고 앞서 자신의 자식들이 언제고 이 집으로 돌아올 것을 예상하는 장면. '이 달, 이 바람, 이 집으로, 그들이 아무리 오래 살더라도 기억되리라는 생각은 그녀를 더없이 기쁘게 했다'가 우리에게는 서글프고 공허하기만

한 것이 그녀 자신의 죽음으로 영원한 진실이 되는 시간이다.

「시간이 흐르다」의 각 장은 시간이 흘러 쇠퇴하고 버려진 풍경들을 한 장씩 사진으로 보여 주거나 영화에서 흑백 처리한 스틸 컷의 장면으로 보여 주는 식이다. 뱅크스 씨가 지나가고, 카마이클 씨가 보였다가, 파도와 바람이 빈 여름별장을 들쑤셨고, 다시금 그 집은 침묵 속에 잠긴다. 램지 부인의 집안일을 돕던 맥냅 부인이 집안을 오가며 램지 부인을 떠올리고, 이어서 전쟁 장면과 램지 부부의 아들 앤드루의 전사 소식이 한 줄 자막으로 오버랩된다. 집은 완전히 폐허가 되었다. 그러나 마지막 순간에 편지가 한 통 전해진다. 폭삭 주저앉기 직전의 이 집을 원상복구 해달라는 편지가 맥냅 부인에게 전해졌고, 집은 이제 늙은 두 여인의 손길로 붕괴와 타락이 저지된다. 이렇게 하여 3부는 현재가 되고 현실로 복원된 컬러필름 속에서 찰싹거리는 파도의 음향과 함께 드러난다.

앞에서 언급했듯이, 『등대로』는 하루 일을 담은 1부에 이어, 가장 짧은 2부를 통해 10년을 보여 준 다음, 다시 이틀간을 다룬 3부를 맞이한다. 10년이라는 세월을 이렇게 짧게 처리한 이유는 시간의 길이에 대한 상대적인 해석 때문이다. 『댈러웨이 부인』에서도 클라리사는 과거 열여덟 살 때와 현재 52세 사이에 놓여 있는 30년의 세월을 건너뛴다. 버지니아 울프의 재미있는 이 시간설정 방식은 짧은 시간에 집중하면서, 그 시간들이 몽글몽글 피어오를 수 있다는 점을 보여 준다. 여타 작가들도 어린 시절에서 성인으로 훌쩍 건너뛰는 시간생략 방식을 사용한다. 그 이유는 성인기에 벌어지는 현재성과 특정 어린 시절 간의 관계성을 보여 주기 위한 것이다.

그러나 이 두 개의 소설은 하루나 이틀 이상을 다루지 않는다. 중간의 시간들은 마치 영화 속 특수효과처럼 스쳐갈 뿐이다. 중요하지 않기 때문이 아니다. 『댈러웨이 부인』에서 클라리사의 죽은 동생이 얼굴도 모르는 셉티머스보다 중요하지 않다는 것은 아니리라. 『등대로』에서 램지 부인이 갑자기 쓰러져 죽었고, 딸 프루는 아이를 낳다가 죽었고, 아들 앤드루는 세계대전 중에 죽었다. 민터와 폴의 결혼은 실패로 끝났다. 이와 같은 사건들이 중요하지 않기 때문에 다뤄지지 않은 것은 아니다.

이 모두가 굵직굵직한 사건들이다. 그럼에도 불구하고 이 외부적 사건들은 상세하게 설명되지 않는다. 단지 이 사건들은 현재에 살아남아 있는 사람에게 외상으로, 성격으로 내재되어 있다. 클라리사는 냉소적이면서 부정적이 되었고, 램지 씨는 아내를 잃은 후 괴팍한 노인이 되었으며, 아버지의 공격으로부터 어머니의 보호를 받았던 제임스는 아버지에 대해 삐뚤어진 태도를 갖게 되었다. 관찰자 역할을 담당했던 릴리 브리스코는 끝내 결혼하지 않았다. 과거에 일어난 외부 사건들은 일일이 펼쳐지고 나열되지 않아도 인물들의 마음속에 똬리를 틀고 언제든지 외적으로 드러나게 마련이다. 그리고 버니지아 울프는 사건들의 덩어리를 들어내는 대신 각각의 마음들에 침잠한 방식으로, 그리고 성격으로 굳혀진 형태로 사건들을 슬쩍슬쩍 비출 뿐이다. '딸 프루가 아이를 낳다가 죽었다.' ── 이 문장만으로도 독자들에게 전해질 보편성이 담겨 있는 것이다.

기억, 함께

마침내 오랜 세월 방치해 둔 여름별장에 남은 사람들이 모였다. 어떻게 연락이 되어 모였으며, 무슨 취지인지는 분명하게 드러나지 않는다. 그럼에도 불구하고 램지 씨, 제임스, 캠, 윌리엄 뱅크스, 카마이클 씨, 릴리가 모였고, 램지 씨와 제임스, 캠은 등대로 향했다. 릴리는 10년 전에 완성하지 못한 그림을 그리기 위해 이젤 위의 캔버스를 마주했다. 그들이 10년 동안 어떤 삶을 살았는지는 거의 드러나지 않는다. 다음 시처럼 그들은 각자 각각의 방식으로 살아냈을 뿐이다.

그대 없이 여름은 내내 겨울 같았으니,
그대의 그림자인 양, 나 이것들과 노닐었습니다.

램지 부인은 이 시를 읽고 있었다. 서로가 고개를 들면 바라보이는 같은 공간 안에서 램지 씨는 월터 스코트와 발자크의 소설을 생각하고 있었다. 램지 씨는 아내가 무엇을 읽고 있는지 궁금했고, 그녀의 무지함, 그녀의 단순함을 과장하여 생각했다. 그는 그녀가 영리하지도 않고 책도 많이 읽지 못했다고 생각하기를 좋아했던 것이다. {그렇게 생각하기를 좋아했다고? 역사에 걸쳐 남성 작가들이 쓴 픽션들에서는 여성이 더없이 중요한 인물로 등장하지만, 실제로는 전적으로 하찮은 존재였다, 고 버지니아 울프는 『자기만의 방』에서 쓰고 있다. 자신들과 공존하는 실제 세계에서만큼은 여자가 무지하고 나약해야 했다.} 램지 씨는 아내가 읽고 있는 것을 이해는 하는지 궁금했다. 아마 이해하지 못할걸, 이라고 생각했다. 램지 부인은 뜨개질을 하며 이 시구와 집안일들을 생각했다. 남편이 무슨 말을 해주기를 바라지만, 퉁명스럽게 한마디할 뿐이다. "그거 오늘 밤 안으로는 완성 못 하겠는데." 램지 부인이 그 말을 인정하자, 이제는 램지 씨가 아내에게 무엇인가를 원했다. 그는 아내로부터 사랑한다는 말을 듣기 원하는 것이었다. 그러나 그녀는 할 수가 없다. 그녀는 미소를 지을 뿐이다.

어쩌면 이 시구는 램지 부인이 없는 세월 동안 그녀의 그림자에서 벗어날 수 없었던 사람들이 읊조렸음 직하다. 램지 부인이 없는 별장에서 릴리는 램지 부인과의 얽힌 이야기들을 떠올리면서 '삶에 대해, 죽음에 대해, 램지 부인에 대해' 생각했

고, 이 모든 것들에 대해 이야기를 나누고 싶은 욕망에 사로잡
힌다. '그대'는 램지 부인이자 세월이다. 셰익스피어의 소네트
98번의 전문을 보면, '그대'는 봄이고 '이것들'은 여름이 봄을
흉내내어 만들어 낸 것들이다.

봄철에 당신과 떨어져 있었지요.

4월이 온갖 색깔로 뽐내며 옷을 차려입고

만물에 젊음의 기운 불어넣어

우울의 신마저 웃으며 뛰놀던 시절에.

그러나 새들의 노래에도, 형형색색 꽃들의 만 가지 향기에도

나는 즐거운 여름 얘기 읊조리거나

그들이 자라난 화려한 땅에서

꽃가지를 꺾지도 못하였습니다.

백합의 순백색에 감탄하지도 않았고

장미의 진홍색을 상찬하지도 않았습니다.

그들은 단지 이 모든 것들의 모범인 그대를 본뜬

향기롭고, 즐거운 그림에 불과했기에.

그대 없이 여름은 내내 겨울 같았으니,

그대의 그림자인 양, 나 이것들과 노닐었습니다.

릴리 브리스코는 '삶에 대해, 죽음에 대해, 그리고 램지 부인

에 대해' 이야기를 나누고 싶었지만 불가능하다는 사실을 깨닫고 눈물을 흘린다.

> 그녀는 어느 한 가지가 아니라 온갖 것을 다 말하고 싶었다. 생각을 쪼개고 해체하는 낱낱의 말로는 아무것도 말할 수가 없었다. '삶에 대해, 죽음에 대해, 램지 부인에 대해' ──아니, 아무와도 아무것도 말할 수가 없다고 그녀는 생각했다. 그 순간의 급박함은 항상 표적을 벗어나고 만다. 말들은 떨리며 빗나가 과녁에서 몇 인치쯤 처진 곳에 박혀 버린다. 그래서 포기하게 되고, 그래서 생각은 도로 가라앉아 버리고, 그래서 대부분의 중년들과 마찬가지로 신중하고 노화해져서 양미간에 주름이 생기고 끊임없이 염려하는 눈빛을 띠게 되는 것이다.
>
> (『등대로』, 234쪽)

동시에 나름대로 잘 살아왔다는 생각에, 릴리는 램지 부인의 부재에 대해 허전함과 슬픔을 인정하고 싶지 않았다. 또한 램지 부인의 소망과는 정반대로 민터와 폴 래일리 부부의 결혼이 실패한 것에 대해 왠지 승리감을 맛보았다. 램지 부인은 자신이 죽고 나면 폴과 민터가 램지 씨와 자신의 삶을 재연할 것이라고 믿었다. 그녀는 윌리엄 뱅크스와 릴리 브리스코를 결혼시킬 계획도 가지고 있었다. 그러나 릴리도, 뱅크스 씨도 홀로 남았다. 삶에 대한 램지 부인의 결정론적인 태도, 누구나 결혼시키려는 열망의 정체도, 그녀의 아름다움도 시대에 뒤떨어진 것처럼 보인다. 그러고 보면 영원한 것은 없으며, 무엇도 지킬 수 없는 것이 인생이라는 것을 알 수 있다. 인생은 이토록 놀랍고 예상할 수 없는, 알 수 없는 것이었다.

그러나 램지 부인의 존재를 생각하는 것만으로도 릴리는 안전함을 느꼈었다. 램지 부인의 이름을 소리쳐 부른다면 돌아올 것만 같았다. 그러나 그녀의 이름을 불러 보아도 아무 일은 일어나지 않았으며 오히려 고통만이 증폭되었다. 부재로 인한 결여감에서 느껴지는 고통. 그러나 그렇게 단순하지만은 않은 감정이 릴리의 가슴에 번져 간다. 고통 하나만으로 그녀의 감정이 모두 설명될 수가 없다. 노력이나 의지로 되지 않는 손쓸 수 없는 운명 같은 것에 대해 분노가 더해졌고, 이것은 램지 부인의 부재에 대한 해독제 역할을 했다. 분노는 슬픔을 이겨내게 하기 때문이다. 램지 부인이 있었다면, 어쩌면 모든 것이 달라졌을지도 모른다는 생각이 다시금 덮쳐왔기에 생겨난 분노는 아니었을까. 결여로 인한 고통에 더해지는 분노가 해독제 역할을 한다는 것이 어떤 것인지에 대해 생각한다. 이것은 인생에서 닥치는 경험들을 억지로든, 자의적으로든 얼마 만큼이나 소화할 수 있느냐에 대한 방법이리라.

구두끈·치맛자락

  기적처럼 계절이 바뀌었다. 수십 년 만의 폭염은 결코 끝나지 않을 여름을 온 세상에 풀어놓은 것 같았지만, 옷감의 끝자락이 물에 젖어 서서히 번지듯이 바람이 달라졌다. 『등대로』의 2부에 대해 집중한 사이에 옷장 앞쪽의 여름옷들은 슬그머니 뒤쪽으로 옮겨졌다. 날씨는 피부의 감각으로만 느껴지는 것이 아니다. 먼 산꼭대기에 내려앉은 은회색의 구름이 산과의 경계를 불분명하게 만들어 놓았으며, 아스팔트 도로를 까맣게 태우던 열기도 거두어졌다. 한 차례 내린 비와 바람은 열어 둔 창문 옆의 블라인드를 슬쩍슬쩍 흔들면서 방안을 채운 햇빛의 온도를 다스리는 중이다. 빗방울은 유리창의 먼지를 씻어내고 선명하게 자국을 냈다. 여름 벌레들의 소리도 잦아들었다. 그녀는 착시에 빠진다. 소설의 내용에서 풍경을 보는 것이 아니라 소설과 실제의 풍경에 나누어진 경계를 잃어버린다. 고개를 들거나 책속을 들여다보거나 경계가 없이 그대로 이야기가 전개된다. 이 기묘한 느낌은 무엇인가.

  내리덮는 소금물 아래 오랫동안

  헤엄칠 수 있을 만큼 숙련되지 않은 그는 누워 있다.

  그는 그의 힘이 쇠하는 것을 느끼지도,

용기가 사라지는 것을 느끼지도 않았다.

그러나 죽음과 함께 지속되는 문제가 흔들어 댔고,

삶에 대한 체념이 떠받치고 있었다.

그는 소리쳤다, 그의 친구들은

선박의 경로를 알아보는 데 실패했다.

그러나 너무나 맹렬한 바람이 뒤덮어서,

무자비하게도,

그들은 낙오된 친구를 뒤에 남겨놓고 떠났다,

그리고 바람 앞에서 비구름이 지나갔다.

[……]

그는 자그마치 한 시간을 버티고 있었다.

대양에서, 홀로 지탱하고 있었다.

너무나 오래 그는, 소모되지 않은 힘을 가지고,

그의 운명을 쫓아버렸다.

그리고 몇 분이 지나감에 따라,

간청했던 도움, 혹여 소리치던 안녕!

마침내 그의 일시적인 유예기간이 지나갔다.

모든 강풍 속에서 그의 목소리가 들렸으나,

더 이상의 그 목소리를 들을 수가 없었다.

그때, 힘든 노력이 억눌리고, 그는 물을 마셨다.

숨 막히는 파도가 일고는 그가 가라앉았다.

[……]

태풍을 가라앉히는 신성한 목소리도 없고,

유리하게 빛나는 빛도 없고

모든 적절한 원조를 운 좋게 얻을 시점에,

우리는 죽었노라, 제각기 홀로

그러나 나는 더 거친 바다 밑에서

그보다 더 깊은 심연에 잠기었노라.

   3부에서 램지 씨가 읊어대는 윌리엄 쿠퍼의 시 「조난자」의 일부이다. 삶과 죽음, 슬픔과 비애, 친구, 자연과 바다가 이 시에서 다루어진다. 홀로 남은 조난자처럼 『등대로』의 인물들은 각기 자신의 생각 속으로 침잠한다. 램지 씨도, 캠도, 제임스도, 릴리도, 카마이클 씨도 지난밤에 별장에 모였지만, 밤을 보낸 후 제각각 위치를 잡고 멀찌감치 서로를 관망할 뿐이다. 잔디밭 가장자리에 이젤을 세우는 릴리와, 가깝지 않은 거리에 카마이클 씨가 앉아 있으며, 램지 씨가 등대에 가기 전 테라스를 왔다 갔다 하고 있다. 램지 씨는 그의 부인이 죽은 뒤로 식탁이며, 그의 구두, 그의 구두끈과 같은 시시껄렁한 이야기를 할 대상이 없었으므로 통째로 삼켜 버릴 수 있는 먹이를 찾고 있는 사자와도 같이 누군가에게 필사적이고 과장되게 동정을 요구하고 있었다.

{아버지는 무엇을 하시는지 계속해서 서랍을 덜그럭 여닫는다. 그녀는 일어서기가 귀찮아 그 소음을 참고 있다. 그러나 소리는 점점 심해진다. 그녀는 지그시 마음을 누르고 소음으로부터 멀어지려고 한다. 서랍을 여닫는 소리의 강도는 아버지의 성마른 성깔을 드러낸다. 그 사이 램지 씨가 그녀의 시야로 깊숙이 들어온다. 그녀는 아버지의 소리에 방해를 받다가 램지 씨와 제대로 대면하는 느낌이다.} 객관적으로 옳으면 램지 씨는 다른 사람의 기분 같은 것은 전혀 염두에 두지 않았다. 그것은 일종의 잔혹함이다. 다른 사람을 배려하지 않는, 과학과 객관과 논리의 세계에서 혼자 노니는 사람의 독선적인 지식 말이다. 그런 램지 씨였지만, 그는 늘 아내에게 의존적이었다. 아니, 의존적이라기보다는 아내를 늘 의식했다. 자신의 학문 세계에서 홀로 자유롭기를 원했지만, 동시에 아내가 자신을 봐주기를 기다렸고, 그것을 눈길로 요구했다.

그런 아내가 세상을 뜨자 램지 씨는 성마르고 괴팍해졌다. 이제 칠십이 넘은 그는 아이들을 재촉해서 등대로 가면서도 아이들을 초조하고 숨 막히게 한다. 날씨가 좋으면 내일 등대에 갈 수 있다고 말하는 램지 부인과 뒤이어 "날씨가 좋지 않겠는데"라고 말했던 아버지. 여섯 살 제임스는 한 치의 변수도 허락하지 않으며 아들의 소망을 부러뜨린 아버지의 가슴에 구멍을 내어 죽이고만 싶었다. 만약 자신의 말이 아들의 소망을 부러 뜨리는 것이라고 램지 부인이 알려줬더라면 램지 씨는 버럭 화를 내고 말 것이었다.

버지니아 울프의 아버지 레슬리 스티븐은 진리를 숭상하는 사람이었다. 그는 아이들이 듣고 다니는 떠도는 말이나 언어 표현을 언제나 바로 잡아주었다. 언젠가 아버지와 함께 나간 산책에서 바위 하나에 생겨난 오목한 부분을 보고 '제물의 피를 고이게 하는 곳'이라고 들은 말을 꺼냈을 때도 아버지는 자연적으로 생겨난 것일 뿐이라고 일축했으며, 헤일스타운이라는 지명을 헬스톤 늪이라고 부르는 데 대해서도 늘 바로잡아 주었다(『존재의 순간들』, 198~199쪽 참조). 이런 아버지의 존재는 항상 바른 말을 하지만 램지 씨와 마찬가지로 아이들을 숨 막히게 하곤 했던 것이다. 『등대로』의 램지 부인은 남편 앞에서 입을 다물었다. 단지 아들에게는 날씨가 좋을 수도 있다고, 좋아질 거라고 말한다. 십 년이 지나서 열일곱 살쯤 된 캠과 열여섯 살쯤 된 제임스가 동행한 등대로 가는 배에서 제임스는 여전히 아버지를 죽이고 싶었던 그때의 마음을 그대로 간직하고 있다. 자신과 같은 편이 아닌 것 같은 캠에 대해 제임스는 불만의 눈길을 보내며 노를 젓고 있지만, 캠의 마음은 램지 부인의 마음을 대신 보여 주는 것만 같다.

아버지는 주머니를 더듬어 찾고, 이제 곧 책을 꺼낼 것이었다. 사실 아버지만큼 매력적인 사람도 없었다. 그의 아름다운 손, 그의 발, 그의 목소리, 그가 하는 말들, 그의 성급함, 그의 성깔, 그의 괴팍스러움, 그의 열정, 누구 앞에서나 거리낌 없이 우리는 죽으리라, 제각기 홀로, 하고 읊어대는 것, 그의 초연함. (그는 책을 펼쳤다.) 하지만 그래도 참을 수 없어. 그녀는 똑바로 일어나 앉아서 매칼리스터의 아들이 또 다른 생선의 아가미에서 낚싯바늘을 빼내는 것을 바라보며 생각했다. 그의 무신경한 맹목성과 독재가 자신의 어린 시절을 얼마나 망치고 쓰라린 폭풍우를 일으켰던가를, 그래서 아직까지도 한밤중에 일어나 앉아 분노로 떨며 그의 명령들을, 때로 무지막지한 명령들을 상기하는가를. 이래라저래라 하고 휘두르는 것을, 무조건 복종을 요구하는 것을. (『등대로』, 222~223쪽)

이렇게 엇갈리는 캠의 마음을 제임스가 알 리 없다. 캠의 마음은 램지 부인과 꼭 같았을 마음을 대신 보여 준다. 그녀는 남편을 이 세상 누구보다 존경했지만, 이런 남편의 성격 때문에 지치고 주눅이 들었다. 두 사람 사이에는 길고 긴장된 침묵이 자리 잡곤 했다. 그녀는 뭔가를 숨긴 듯 말없이 생각에 잠겨 앉아 있었고, 램지 씨는 슬그머니 그녀 옆으로 와서 서성이곤 했다. 그래도 받아주지 않는 램지 부인에게서 떨어져 나와 울부

짖듯이 그녀의 이름을 한 번, 두 번 부르면 그녀의 마음은 풀리고 두 사람은 멀어져 갔다. 그렇게 해서 그들이 화해를 하는 것 같았지만, 어떤 태도로, 어떤 말로 관계를 다시 회복하는지는 알 수 없었다.

이에 대해서는 램지 씨나 램지 부인 편의 화자들도 나서지 않으므로 두 부부의 관계는 더욱 알 수 없고 미묘하다.

전지적 시점이나, 1인칭 시점을 피한 철저히 외부적인 화자들이 인물들의 주변을 맴돈다. 그럼에도 이 화자들이 완전히 3인칭 객관적 시점 또한 아니라는 점은 소설 전체 분위기를 기묘하게까지 만들고 있다. 클라리사가 내적으로 질문했던 '다시 살 수 있다면'은 그렇다고 클라리사에게 밀착되어 파헤쳐지지도 않는다. 우리가 우리 마음을 제대로 파악할 수 없듯이 이런 문제는 도덕이나 정의, 신념과는 같지 않다. 오히려 이와 같은 자신없어함과 나약함이 우리의 본 모습이다. 버지니아 울프의 논의 중심은 사랑 뒤에 오는 후속적 사건을 대담하게 다루는 것이 아니라, 더 이상 말할 수 없는 것들에 대한 것들, 기존의 성격과 달리 상대방과의 관계로 인해 소멸하고 생성하는 감정에 대해 노골적이지 않게 보여 줄 뿐이다. 말로 할 수 없는 것들에 대한 언어는 감수성의 끝자락에 가서 겨우 한 방울의 물방울로 맺힌다. {그녀는 레슬리 스티븐과 램지 씨, 그리고 아버지를 생각했다.}

삶의 유산

램지 씨와 램지 부인의 에피소드를 기억하는 릴리는 램지 부인에 대한 탐탁지 않음으로 가득하다. 앞에서도 확인했지만 릴리가 언제나 램지 부인을 좋아했던 것이 아니다. 아이가 여덟이나 되는 사람이 모든 일을 완벽하게 해내려 했고, 누구든지 결혼해야 한다고 믿었기에 중매하는 것을 좋아했다. 그녀는 더없이 아름다웠으며, 집안일로 쉴 사이 없는 손길에도 불구하고 마을로 내려가 가난한 사람들과 병자를 방문했다. 그것을 자랑삼아 하지도 않았고 다른 사람들의 카드 게임이나 토론 자리를 슬그머니 빠져나가 행할 뿐이었다.

그녀의 이런 행동은 마치 찰스 탠슬리가 말하는 방식에 대한 질책과도 연관된다. 그녀는 그가 세상을 바라보는 방식이 싫었다. "내일은 등대에 배를 댈 수 없을 겁니다." 뭔가 흥미로운 것, 사람들이나 음악, 역사에 대한 얘기를 하거나, 하다못해 저녁 날씨가 좋으니 밖에 나가 앉을까 하는 말만 해도, 사태를 이리저리 돌려 결국 자신을 내세우고 그들을 깎아내렸기 때문이다. 무엇이든 그만의 특유한 방식으로 까발리는 바람에 다들 기분이 잡치고야 마는 것이 아이들의 불만이었다.

어떻게 보면 조용히 봉사활동을 하던 그녀의 행동은 찰스 탠슬리 같은 사람들을 비난하는 것처럼 보였다. 그녀의 이런 삶의 태도는 사람들을 부담스럽게 했다. 특히 행동이 부질없다고 생각하는 카마이클 씨나 릴리에게 그녀의 실천적인 태도는 불편함일 수밖에 없었다. 그녀의 내심에는 단순히 사회적으로 열악한 여성의 삶에 대한 호기심을 만족시키기 위해 자선을 베푸는 한낱 아녀자가 아니라 사회 문제를 밝혀내는 연구자가 되고 싶은 소망이 존재했다.

그럼에도 불구하고 그녀의 존재성만큼은 구심력을 가지고 있었다. 사람들을 모이게 했으며, 이어지게 했다. 그것이 항상 진리의 방향은 아니었을지라도 그녀는 자신의 방식대로 공간을 채워 넣었다. 이와 같은 램지 부인에 대해 가지고 있는 릴리의 이중적 태도는 버지니아 울프의 어머니에 대한 마음을 가장 잘 반영했을 것이다. 어머니라는 존재. 가장 여성적이며, 남편과 자녀에게 희생하고, 자신의 행복 여부와는 상관없이 딸에게 결혼을 요구하는 그런 어머니가 바로 램지 부인이다. 릴리가 그녀의 딸은 아니지만, 마치 딸에게처럼 중매를 서려고 하는 것에서, 릴리는 램지 부인의 삶에 대한 계획성, 행복을 구성하는 조건들에 대해 불만을 품는다. 따라서 민타와 폴의 실패한 결혼을 램지 부인에게 보여 주고 싶었던 것이다.

릴리는 결혼만이 아닌, 삶을 다양하게 할 수 있는 다른 선택지가 있음을 스스로 증명하고자 결혼 대신 그림을 선택했다. 비록 그 그림이 유명해질 수 없어서 하인들의 방에나 걸린다 해도 예술 그 자체의 영원성은 인간의 유한함을 넘어서는 것이기 때문이다. 그럼에도 불구하고, 램지 부인의 부재에 대한 슬픔과 허전함으로 가슴에 고통을 느낀다. 램지 부인에 대해 저항하고 싶은 마음. 그녀가 없어도 아무렇지 않을 수 있다는 것을 보여 주기 위한 결심들도 다 소용없어진다. 어쩌면 고통은 그대로 간직되어야 할 것인지도 모른다. 너무 애써서 물리치려 들면 더욱 고통스러워진다. 가끔은 아프겠지만 그런대로 괜찮게 넘어가는 순간들이 있기에 살 수 있다. 어머니가 돌아가신 후 버지니아 울프가 지녔을 그리움과 고통, 벗어나고자 해도 벗어날 수 없는 어머니의 굴레가 그렇게 대신해서 릴리의 마음속을 헤집고 다녔던 것이다.

버지니아 울프의 자전적 에세이 『존재의 순간들』에는 『등대로』에서 그대로 구현된 어머니와 아버지에 대한 단상이 자주 등장한다.

오후가 되면 우리는 매일 산책을 나갔다. 뒷날 이 산책들이 고통스러운 일이 되었다. 아버지가 산책을 나갈 때는 우리들 중 하나가 꼭 따라가야 한다고 어머니는 주장했다. 그의 건강과 쾌락에 지나치게 집착했던 그녀는 지금 생각해 보면 그에게 우리들을 기꺼이 희생시키려 들었다. 이리하여 어머니는 아버지의 의존성을 우리에게 유산으로 물려주게 되었다. 그녀의 죽음 뒤에 이것이 아주 힘든 책임이 되었다. 만일 어머니가 아버지를 스스로를 지킬 줄 아는 존재로 우리에게 남겼다면, 우리의 관계는 훨씬 좋았을 것이다. (『존재의 순간들』, 196~197쪽).

마침내 램지 씨와 캠, 제임스는 등대에 도착한다. 등대에서 무슨 일이 벌어지는지는 애초부터 소설의 관심사가 아니었다. 소설은 등대에 가는 것, 가기 전의 과정에 대한 것이다. 1부에서 등대에 가져다주기 위해 램지 부인이 짜고 있던 양말은 1부 마지막에서까지 그녀의 손에 들려 있다. 우리는 그 모습을 그림 한 폭이나 영화의 한 장면처럼 기억한다. 완성되지 않은 양말은 그녀를 영원히 그 모습으로 존재하게 한다. 『댈러웨이 부인』에서 마치 셉티머스가 가장 행복한 삶의 한때를 간직하기 위해 창문턱에 앉아 있던 모습처럼 말이다.

그리고 남은 사람들은 클라리사처럼 삶을 이어 가야 하고, 램지 씨와 자녀들처럼 등대에 가는 것을 완수함으로써 의무를 다하는 것이다. 여기에서 버지니아 울프의 소명을 다시 생각하게 된다. 그녀가 글을 쓴다는 것은 클라리사가 파티를 여는 것처럼, 램지 씨가 꾸러미를 챙겨서 등대에 가는 것과 다르지 않다. 살아남았기 때문에 책무를 떠맡는 것이고, 비록 슬프고 고통스럽지만 감내해야만 하는 것이다.

책상 위의 사물들을 잠시 훑어보니 마치 어떤 법칙이 있는 것처럼 자리를 잡고 있다. 사물들마다 받침대처럼 그림자가 받쳐져 있다. 릴리 브리스코가 생각해 낸 '사물들이 취하는 태도'가 그런 것일까. 사물들은 비현실적이 되었다. 그래서 긴 여행에서 돌아올 때, 혹은 앓고 난 후에, 습관들이 되돌아와 표면을 짜맞추기 전에 그런 비현실감을 느끼는 것이다. 고요함과 공허함, 이른 아침 시간의 비현실적인 느낌.『싱글맨』의 조지가 잠에서 깨자마자 가만히 누워 바라본 천장. 그리고 시선을 아래쪽으로 가져가면서 인식한 자기 자신. 그리고 자신이 누워 있는 장소가 마찬가지로 비현실적으로 보인다. 그와 같은 비현실적 감각에도 불구하고 한 번씩 죽음을 느끼게 하는 몸의 경련은 두렵다.

그는 서서히 몸을 움직이면서 명령을 한다. '일어나.' 이처럼 눈을 떴을 때 들어오는 사물들은 망막에서 익숙한 것들이라고 인식되기까지 아주 짧은 시간이 걸리지만 부조화적이다. 마치 다른 사람의 방에서 깨어난 것처럼 자신에게 붙어 있는 자신의 몸조차 공백 상태이다. 아마도 기억이 돌아오는 시간이 필요한 것이리라. 그 전까지 사물들은 전날과 같이 내가 원하는 방식으로 배치되어 있는데도 불구하고 그것들만의 태도를 취하고 있는 것 같다.

습관들, 대체로 우리의 몸과 마음을 채우고 있는 자연스러운 익숙함이 있다. 장소에도, 사람에도 그런 마음들이 드리운다. 만약 처음 도착한 장소라면 마음의 긴장으로 인하여 몸 또한 부자연스럽고 어색할 것이다. 반대로 그 장소가 없어졌다면, 기억을 채우던 시간을 빼앗긴 듯 공허할 것이다. 사람 또한 마찬가지다. 늘 거기 있는 사람은 그 자리에 있을 때에는 알지 못한다. 마치 가구처럼 오래되고 반들반들해져서 내 눈을 채우고 있지만 때로는 마치 없는 사람처럼 여겨지기도 한다. 그런데 막상 그 사람이 사라진다면 그가 머문 자리와 그 사람의 목소리까지 자국을 남긴다. 집의 곳곳에서 그의 부재가 고통스럽게 느껴지는 것이다. 그의 통증은 심장병 때문인지 짐 때문인지 분명하지 않다.

그대 없이 여름은 내내 겨울 같았으니,
그대의 그림자인 양, 나 이것들과 노닐었습니다.

{그러나 함께 공유할 수 없을 때 인생은 시들어 버린다.} 이제 이 시는 폭염에 시달리던 그녀가 읊조리는 것인지, 조지가 저주스럽게 읊조리는 것인지, 램지 부인이 읊조리는 것인지, 혹은 릴리가 읊조리는 것인지 불분명하다. 확인할 필요 없이 공

통감각이리라. 앞에서 이야기한 '주체와 객체와 리얼리티의 속성'이 바로 그것이다. 릴리에게 램지 부인 역시 그런 존재이다.

램지 부인은 더 이상 이 집에 없으나 또 이 집 모든 곳에 존재한다. 신비스럽게도 거기 누군가가 있다는 느낌이 사물마다 그림자처럼 드리우고 있다. {보편적인 수준에서 전혀 동감하지 않은 것에 계속해서 노출되면서 습관이 되는 것. 이것은 위험하다. 따라서 일상에 속속들이 파고드는 외부의 침입을 차단해야 하는 것이다. 어쩌면 그것은 이미 아주 깊이 들어와, 그 사실만으로 그녀를 좌지우지 하고 있었는지 모른다. 차단하는 순간, 그녀는 자신의 삶이 다시 권태로워질 것임을 알았다. 그러나 그대로 놔둔다면 그녀는 황폐해질 것이며 시간을 빼앗기고 말 것이다.}

『등대로』에서 버지니아 울프는 분명 『댈러웨이 부인』보다 좀 더 풀어헤친 언어를 보여 준다. 그것은 생각의 얼룩들이기보다는 꿈의 얼룩들에 더 가까운 비현실성의 언어들이다. 바닷가 집에서 바라보는 빛과 물의 반짝거림처럼, 릴리와 탠슬리가 물수제비를 뜰 때 생겼을 자국들처럼 언어들은 물의 표면을 움푹 팼다가 이내 사라진다. 흔적도 없다. 바로 그 흔적 없음의 언어가 『등대로』에서 더욱 강화된다. 아무리 그렇다 해도 소설의 요소, 줄거리에서 해방될 수는 없다. 앞에서 파편적으로 이야기했으나 소설에는 분명 줄거리가 있다. 마치 띠를 늘어놓은 듯이 가녀리기는 하지만 이야기는 1, 2, 3부에서 모습을 드러낸다. 2부는 스틸 컷과 같은 효과가 오히려 명시적이다. 특히 3부의 릴리 브리스코가 들려주는 램지 가의 이야기는 1부와 2부에서 석연찮게만 들려준 이야기를 보충해 준다. 독자는 램지 가의 진실에 조금이라도 더 가까이 간 것 같은 인상을 받는다. 뭔가가 틀을 갖추어야 하고 순서대로 배열해야 할 것 같은 조화로움에 대한 욕구가 우리에게 내재되어 있는 듯이 말이다.

말을 한다는 것은 무엇인가. 이미 언어의 구조에 따라 배치되는 것이다. 의미의 나열인 것이다. 어떤 단어들을 조합한다는 것부터가 의미를 그림자처럼 데리고 다녀야 하는 것이다. 의미를 떼어내고 내용을 없애려면 말을 하지 말아야 하는 것이 아닌가. 언어의 공간은 그렇게 경계가 분명한 틀을 갖추고 있기 때문이다. 따라서 버지니아 울프를 가지고 작품의 상징성, 주제, 결혼의 의미 같은 것들을 무수히 이야기할 수 있다. 『댈러웨이 부인』과 『등대로』는 여성의 삶 속에 부부생활의 미묘함, 기이함마저 깃들어 있다. 노골적으로 드러낼 수 없는 불행감과 피로가 부부 사이에 흐르고 있다. 클라리사는 성적으로 리처드를 실망시켰고, 램지 씨는 연구에 몰두하느라 생활세계를 등한시하였으며, 무엇보다 일방적이면서 타인의 감정에 대한 배려가 없었고 폭력적이었다. 살림에 대한 걱정은 램지 부인의 몫이었다. 램지 부인은 이 사실을 눈으로 말할지언정 발화하지 않는다. 언제나 궁극에는 화해를 했지만, 결혼을 옹호할 정도로 그녀의 결혼생활이 행복을 가져다주지는 않은 것 같다.

따라서 다른 것에서 충만함을 느껴야 했으니, 클라리사는 파티로, 램지 부인은 가난한 사람들을 도우면서 학자인 남편과 친구들을 불편하게 만들었다. 댈러웨이 부인과 램지 부인은 각자 자기만의 방식으로 숨 쉴 곳을 찾고자 했다. 그들은 자기 자신에 대한 설명을 하려고 노력하지는 않았다. 댈러웨이 부인이 클라리사일 때 피터에게 이야기했던 자신의 생각들은, 설령 비판을 하더라도 이해할 수 있었던 피터 덕분이었다. 이제 그녀는 어떤 설명도 불가능하고 어떤 설명도 부여받을 수 없는 존재가 된 기분이다. 그녀가 그녀를 이야기함으로써 분명해지는 것은 스스로가 변해 갔고 점차 각성의 상태에 있게 되었으며, 집중하고 확실해진다는 사실이었다. 그러나 이야기할 수 없음은 또한 타자의 현존 속에서는 자신을 붕괴시키는 것만 같다. 그러나 또 타자와의 관계에서 기꺼이 자발적으로 훼손당하면서 나 아닌 것에 속박될 때, 자족적인 '나'를 비우는 댈러웨이 부인이며 램지 부인이다.

남편에게 일일이 할 수 없는 말들. 모든 것을 공유해야 하고, 모든 감정을 다 표현한다는 것은 상대를 피로하게 한다. 사실은 스스로를 피로하게 하는 것이다. 피터가 클라리사를 지치게 했으므로, 클라리사는 리처드에게 더 이상 말하지 않는다. 모든 말을 털어놓는다면 리처드는 점점 행동에 제한을 받을 것이었다. 원리원칙을 좋아하는 남편을 괴롭힐 수는 없었다. 그녀는 그에게 온전하게 자율성을 주었고, 자신도 남편으로부터 자율성을 부여받았다. 그 자유는 당연히 고독을 담보로 한다. 그녀의 고독은 열여덟 살의 미결정적 삶으로 채워진다. 램지 부인은 아름답고, 부드러우며 강인한 인간성으로 사람들의 구심점이 된다. 차가운 지성의 남편 또한 그녀와 함께 있음으로써 다른 사람과의 조화가 가능하다. 여성으로서의 삶에 대한 정당화를 가장 부드럽고 온화하게 강요하는 점은 다른 사람들이 입 밖으로 어떤 불만도 꺼낼 수 없게 만든다. 그곳에 있다는 것으로 탁월한 존재감을 가진 여성. 뛰어난 남편조차도 사랑을 갈구하게 만들었던 램지 부인이었다. 그러나 램지 씨와 램지 부인이 늘 말로 소통했던 것이 아니다.

그는 무엇인가를 원했다. 그녀가 그에게 해주기 그토록 어려운 것을, 그에게 사랑한다는 말을 해주기를 원하고 있었다. 그런데 왠지 그 말은 하기가 어려웠다. 그는 그녀보다 말을 훨씬 잘하고, 그녀가 할 수 없는 말도 할 수 있었다. 그러니 그런 말을 하는 것도 언제나 그였는데, 그러다 무엇 때문인지 갑자기 그 사실이 마음에 걸리는 듯 그녀를 비난하는 것이었다. 그녀를 매정한 여자라고 했다. 그를 사랑한다는 말을 결코 하지 않는다고. 하지만 그런 게 아니었다──그런 게 아니었다. 다만 자기 느낌을 말로 할 수 없는 것뿐이었다. (『등대로』166~167쪽)

5

사람들은 계속해서 지나가고 있어

한 줄을 읽으면 다른 생각의 끝에 다다른다.

이른 아침 학교 운동장에서 들려오는 아이들의 소리는 햇빛에 반짝거리는 빗물을 머금은 나뭇잎들 같다. 그 시각 이미지가 소리에 비유될 수 있다면 꼭 그런 모습일 것이다. 눈은 감겨 있지만 빛줄기는 여지없이 창을 뚫고 들어와 눈꺼풀에 내려앉는다. 그 무게에 그녀는 희미하게 눈을 떠본다. 빛과 아이들의 소리가 합쳐지면서 톡톡 소리를 내는 것만 같다. 『파도』의 초반부는 바로 아이들과 자연의 뒤섞인 언어들로 이루어져 있다. 아이들의 언어는 파편적으로 연속성을 끊어놓고 있으므로 무결정적이다. 마치 말의 놀이 같다. 그런데 막상 주의력이 적은 어린아이들의 언어라고 했지만, 우리의 보편적인 마음에도 수십 가지 생각들이 동시에 지나간다. 한 가지의 주된 일을 하고 있지만, 머릿속으로 밀려오는 생각들에 지배받을 수밖에 없다. 제임스 조이스의 『율리시스』의 한 부분을 펼쳐보면 알 수 있다.

> 그(리오폴드 블룸)는 방향을 바꾸어 어슬렁어슬렁 한길을 건
> 너갔다. 아까 그 아가씨는 소시지를 들고 어떤 모습으로 걸어
> 갔을까? 꼭 이와 같은 모습으로 걸어가면서 그는 옆 호주머
> 니에서 접힌 『프리먼』지를 꺼내, 펼쳐가지고, 다시 배턴처럼
> 세로로 길게 말아서, 어슬렁어슬렁 걸어가는 발걸음에 맞추
> 어 그것을 그의 바지자락에다 탁탁 쳤다. 아무 상관없는 짓이
> 지; 잠깐 보기 위해 들를 뿐이니까. 매초 매초. 매초라는 것은
> 각초를 의미한다. 그는 연석으로부터 우체국 문을 통하여 그
> 의 날카로운 시선을 던졌다. 정시외(定時外)의 우체통. 여기
> 에 넣으시오. 아무도 없군. 안으로. (『율리시스』, 151쪽)

발화할 수 있는 속도를 몇 배 능가하는 생각들이 앞 다투어
일어나는 것이다.

'무책임한 유년 시절'이 지나가고 청년시절이 오면서 그들
의 언어도 조금씩 성장을 하고 사회성을 갖춘다. 반면에, 서로
의 언어가 뒤섞여 있어 누가 누구인지 구별하기 힘들었던 개인
들이 학교를 졸업하고 각기 다른 길로 떠나면서 개별적인 차이
를 드러낸다. 대학에서 버나드는 자신과 친구들 사이에 분리를
경험하지만, 자신이 내비치는 모습만이 전부 다가 아니라는 사

실을 인식한다. "네가 말하고 있는 것은 나의 외면일 뿐이라는 것을. 그 밑에는 공적인 내가 사적인 나와 완전히 다른 순간에 통합되어 있기도 하다"(『파도』, 114쪽). 또한 타인에 의해서 신기하게 변하며, "타인과 뒤섞여 그 사람의 일부가 되는 것"(『파도』, 122쪽)이다.

{사람과 사람의 교제에서 나오는 고통과 쾌락. 버지니아 울프의 단편 「함께, 그리고 따로」에는 사랑에 대한 약식의 이야기가 나온다. 두 사람의 대화가 끊기는 지점은 어떤 한 의견을 빙그레 웃으며 상대가 받아들일 때이다. 그 순간 모든 것이 끝나고 두 사람 모두 허탈감에 빠진다. 마음속의 벽이 바위처럼 견고해 보일 때의 허탈감으로 눈은 한곳을 향한 채 움직이지 않는다. 마음이 굳어지면서 몸도 굳어진다. 그럼에도 불구하고 고마워, 라고 내면의 소리가 말한다. 너를 배울 수는 없지만, 나의 태도를 수정하고 보완하게 해주어서. 그냥 끝나 버렸다면 나는 내가 바라보는 방식으로만 너를 바라보다가 망각하고 말았을 거야. 너와 만나는 시간은 내가 나를 배우는 기회가 되었어. 나의 어리석음, 나의 깊이, 내가 끊임없이 방향키를 새로 잡아야 하고 동시에 마음을 접고 나에게로 돌아와 내 시간을, 내 세계를 가꾸게 되었어. 그럼에도 불구하고 너는 내 세계에 내 방식으로 꽃을 피우고 있어. 나는 세속적으로 너에 대해 더 말하지 않으며 사람들의 소란한 의견들을 귀담아 듣지 않아. 그저 내

풍경이기만 한 너는 어쩌면 그 자체로서가 아니라 내 내적 열망에 의해 형체를 갖게 될 테지만, 그것이 너의 인색함에서 나왔든, 너의 비뚤어진 태도이든, 이기주의이든, 나로 하여금 세계에 대한 쓸쓸한 관념을 심어주지, 라고 그녀가 말했다. 이처럼 그녀는 외부와의 관계망에 따라 상대방에 귀를 기울이고 그녀를 좁히고 조정한다. 절대적 자아는 그러므로 없다.}

　　도대체 나는 누구란 말인가, 이 문에 기대어 세터종의 개가 원을 그리면서 냄새를 맡고 있는 모습을 지켜보고 있는 나는? 때때로 생각하지(나는 아직 스무 살도 안 되었어). 나는 여자가 아니라 이 문 위에, 이 지면 위에, 내리쪼이는 빛이 아닌가 하고. 나는 다양한 계절이라고 생각해, 일월, 오월, 아니면 십일월이라고, 진흙, 안개, 여명이라고. (『파도』, 142쪽)

　　『파도』는 분명히 마음을 동요하게 하는 소설이다. 언어로 정의를 내려서 비로소 감정에도 안정감이 확보되어야 하는 우리에게 『파도』의 언어들은 여지없이 그와 같은 시도를 꺾어 버린다. 다시금 읽는다는 것이 무엇인가에 대해 생각하게 한다. 그녀는 어느새 소설의 질서와 규칙을 좇고 있다. '이 소설은 무엇에 대한 것인가?'라고 수도 없이 묻게 된다. 소설은 나를 끊임없이 소설 밖으로 내몰며, 나를 현실세계에 머물게 한다. 현실이 소설을 쉬이 망각하게 내버려 두며, 그렇게 되는 것을 모른 척하는 것 같기도 하다. 소설에서 간간이 삶을 느끼며 사랑을 추적할 수는 있다. 그 덧없음에, 그 흩어지고 사라지는 것들에 대해. {그녀는 책을 읽다가 안경을 벗고 연필을 얼굴 앞 중앙에 세우고 코끝까지 잡아당기며 바라본다. 다시 멀리로 연필을 보내면서 눈을 떼지 않고 따라간다. 세 번쯤 반복한 후 창밖 먼 곳을 응시한다. 눈의 근육을 강화하는 운동이라고 주입된 정보가 이렇게 눈이 아픈 순간이면 떠오른다.} 분명한 것은 이 소설이 구태의연하지 않다는 것이다.

버지니아 울프 자신도 말했듯이 우리는 우리보다 더 동질적이었던 그 시대의 독자들과는 다르다. 따라서 잘못 읽는 것이 당연하다. 그러나 『파도』는 그런 이유 때문에 잘못 읽는 것이 아니라 오히려 훨씬 더 현대적인 표현과 감각으로 채워져 있어 읽기가 어렵다. 생명을 위협받는 동물들의 눈 움직임처럼 독자는 느슨해질 사이 없이 속눈썹을 깜빡거리며 몰두해야 하는 것이다. 그 속에는 끊임없이 움직이는 삶의 인식이 끊임없이 움직이는 삶 자체의 속도처럼 흐르고 있기 때문이다.

버지니아 울프의 일기에 적힌 대로(『어느 작가의 일기』, 276쪽) 『파도』는 런던에 대한, 잡담에 대한 것이지만, 결국 삶을, 죽음을, 사랑의 덧없음을 고스란히 보여 준다. 중요하다고 여기는 탄생, 성장, 결혼, 출산, 노화, 죽음과 같은 사건들을 사소하다고 여기는 단상들의 우위에 놓지 않고 동시적으로 써나가고 있으므로 중요하다고 여기는 사건들이 전경이 아닌 단상들과 동등하게 뒤섞여 혼재할 뿐이다. 분명 인생 전반을 전혀 다른 시각에서 그려내고 있지만, 변하는 것들, 그리고 변하기 때문에 순간에 대해 거대한 눈으로 바라볼 것에·온 집중을 다하고 있다. 이것은 마치 『등대로』의 2부가 긴 세월들을 짧은 간주곡처럼 처리한 것과 비슷하다. 『파도』는 전체를 이런 방식으로 구성한다. 아니, 구성이 되기 전에 똑똑 떨어진다.

견뎌야 하는 이야기

아이들은 졸업식을 마치고 헤어진다. 다시는 만나지 못할지도 모른다. 인생이 그렇게 아이들을 갈라놓을 것이었다. 그러나 모종의 유대감이 형성되었다. "우리는 하나하나 떨어져 있는 존재가 아니라 합해서 하나가 된 존재"(『파도』, 96쪽)인 것이다. 현실이 소설을 자꾸 눌러 버리는 사이 소설의 특정 언어 하나하나가 소설 속이 아니라 그녀의 생활세계와 대면한다. "언제 어디서나 내게 닥치는 이 복잡하고 괴로운 감정을, 전혀 준비되지 않은 이 복잡다단한 감정을. 얼마나 당황스러운가!"(『파도』, 378쪽) '전혀 준비되지 않은 이 복잡다단한 감정'은 그녀의 모든 내면을 채우고 그녀 주위에 기거한다. "해서는 안 될 말을 해버리고" 일상은 삐거덕거리기 시작한다.

모든 것을 되돌릴 수 없을 것만 같은 공포가 그녀를 채근하는 것이다. 기댈 수 있는 유일한 것은 망각이다. 그녀는 타인에게 해서는 안 될 말들을 수시로 뱉어내고 의도적으로 망각해 버린다. 타인은 그녀의 말에 상처를 입고 그 사실을 망각하지 않은 채로 서서히 침몰할 것이다. 타인에게 상처를 입힌 사실을 망각한다고 해서 끝나지 않는다. 그 말 때문에 나 자신 또한 훼손된다. 계속 일어나는 일상의 "가지 않으면, 자지 않으면, 눈을 뜨지 않으면, 일어나지 않으면 안 돼"(『파도』, 347쪽)를 끊임없이 되뇌면서 훼손된 마음을 추스른다.

소설에서 현실감을 주는 것은 햄스테드, 워털루, 해러게이트, 피커딜리, 내셔널 갤러리, 옥스퍼드가와 같은 런던 지명과 알렉산더 포프, 존 드라이든, 윌리엄 셰익스피어, 알프레드 테니슨, 존 키츠와 같은 영국 시인들, 그리고 영국 왕들의 이름이다. 실험적인 언어는 "돔발상어 껍질같이 거친 감정"과 같이 작가인 버나드의 실험으로 낯설고 외딴 문장들에서 즐비하다. 『파도』에서 가장 극대화된 실험언어를 보여 줄 수 있었던 것은 버지니아 울프가 그 세기에 가장 만족할 줄 모르는 독서가 중의 한 명이었기 때문일 것이다. 에세이 「어떻게 책을 읽어야 하는가?」에서 버지니아 울프는 책이 여러 면에서 사람과 같다고 말한다. 사람을 두고 "기묘한 일이지만 나는 당신을 좋아한다. 또는 내가 틀릴 수도 있지만 우리는 잘 지낼 수 없다고 확신해. 나는 결코 당신을 견딜 수가 없어"와 같은 직관적인 말을 한다. 이것이 독서에도 적용된다(『버지니아 울프2』, 784쪽). 따라서 이해하려고 노력해야 한다.

『파도』는 독자들이 끝까지 읽지 못하고 반품되는 책 중 하나였지만, 정작 버지니아 울프는 '누구를 위해서 나는 쓰는가?'에 대해 관심이 있었다. 누구를 위해 쓰는지를 아는 것이 어떻게 쓰는지를 아는 것이라고 믿었던 것이다. 그녀는 대중과 단절되고 무관심하면 예술은 과장되고 뒤틀리고 기형적으로 자랄 것이며, 대중과 너무 가까우면, 길가의 꽃처럼 희미하게 먼지가 앉는다고 말했다(『버지니아 울프2』, 809쪽). 그녀도 다른 작가들과 마찬가지로 독자들에게서 영향을 받았지만, 자신만의 눈으로 밖에서 안을 들여다보기 위해 런던의 중심에 서 있는 동시에 밖에 머무는 망명자와 같은 위치, 독자적인 공간을 구축했다. 그래서 그녀는 생각했다. 『파도』를 이해해 보기로 말이다.

단숨에 『파도』를 읽어 내려가고 싶어도, 『파도』는 그와 같은 욕구를 절대 만족시켜 주지 않는다. 천천히 깊이 읽어야만 풍경이 어슴푸레 나타나고 마침내 길이 윤곽을 갖고 사람들이 어슬렁거린다. 그리고 바로 그때에야 이 책을 읽는 데 대한 환희가 번져오기 시작한다. 버지니아 울프가 훌륭한 책들에 대해 "이런 책들을 읽고 나면 감각기관이 신기한 개안수술을 받은 듯 사물이 더욱 강렬하게 보인다"(『자기만의 방』, 166쪽)고 했던 것처럼 말이다. 세상은 그 덮개를 벗고 더욱 강렬한 삶을 드러내는데, 『파도』의 책장을 펼치는 순간에 덮개로 가려진 우리 삶과 마주하는 것이다. 그 느낌은 참으로 답답하고 불분명하다. 한 줄을 읽으면 마치 길을 잃는 것처럼 다른 생각의 끝에 다다른다.

그녀는 『파도』를 덮고 『자기만의 방』을 펼쳐든다. 『자기만의 방』이야말로 버지니아 울프의 날카로운 시선하에 놓인 런던을 잘 포착하고 있다. "앞서 여러 책들을 읽고 난 후 이제 창밖을 내다보며 1928년 10월 26일 아침에 런던은 무엇을 하고 있는지 보고 싶어졌습니다. 런던은 무엇을 하고 있었을까요?"(『자기만의 방』, 144쪽) '여성과 픽션'에 대한 강연 요청을 받고 강의한 내용을 책으로 쓴 『자기만의 방』 6장 중 일부이다. 런던은 당연히 셰익스피어의 희곡에는 관심이 없을 것이며, 누구 하나 소설의 미래나 시의 죽음, 평범한 여성의 마음을 완벽하게 표현해 줄 산문체의 발달에 신경 쓸 리가 없다. 런던 거리의 사람들은 분주하기만 하다. 심부름꾼 소년과 개를 줄에 매어 끌고 가는 여인, 가방을 들고 가는 사람, 그리고 장례식 행렬이 있다. 바로 그때 정지 순간이 일어난다. 아무도 지나가지 않는 거리, 플라타너스 잎 하나만 떨어져 정지의 순간을 관통하면서 내려앉는다. {램지 씨도 마찬가지지만, 남성성에만 쏠려 있는 남성 작가들이 평범한 여성의 마음을 알 리도 없거니와 완벽하게 표현하는 것은 불가능하다. 그는 아내의 마음을 알 리가 없으며, 알려고 하지도 않는다. 램지 씨에게 램지 부인은 공기를 지배하는 존재 자체, 라고 그녀는 생각했다. 나를 방해하지 마, 그가 말하는 듯했다. 아무 말 하지 말고, 그냥 앉아 있어. 그러고는 계속 책을 읽었다. 그의 입술이 씰룩거렸다. 그것은 그를 충만하게 하고 힘을 불어넣었다(『등대로』, 161쪽).}

버지니아 울프는 그 순간을 하나의 신호, 그동안 간과해 온 사물에 내재한 힘을 가리키는 신호처럼 느낀다. 그녀는 한 소녀와 젊은이, 택시를 상상하며 두 사람이 택시에 올라타는 광경을 떠올린다. 여성과 남성의 구별이 아닌, 두 성의 마음의 통일성. 노력하지 않아도 지속할 수 있는 마음의 상태에 대해 이야기한다. 우리의 마음이라는 것은 단일한 상태로 존재하지 않지만, 집중할 수 있는 막대한 능력이 있다. 거리에 많은 사람들과 공존하면서도 그들로부터 나를 분리시키고, 그들과 전혀 다른 생각을 한다. 동시에 같은 생각을 하는 군중으로 함께 할 때도 있다. 버지니아 울프는 여기에서 남성이 서술하는 여성에 관한 페미니스트적 관점으로 이야기를 이끌어 간다. 그녀는 흐트러짐 없이 런던 거리와 사물의 관찰에서 『자기만의 방』의 본래 취지인 '여성과 픽션'의 방향으로 나아갔다.

그녀 또한 클라리사 댈러웨이의 런던 산책으로부터 걷기와 사유를 고스란히 가져왔다. 그녀는 요즘 걷고 또 걸으면서 계절의 변화에 따른 사물의 색조를 주의깊이 살펴보게 된다. 공원 안의 플라타너스 나무 아래에 서면 나뭇가지가 부러져 떨어지면서 다칠 수도 있다는 내용의 표지판이 있다. 그 큰 잎들이 우수수 떨어지고 있다. 한 나무에서도 누렇게 된 잎과 푸른 잎이 같이 매달려 있다. 그리고 그 잎들 사이로 빛이 떨어지는 순간 시계가 멈춘 듯 모든 것이 정지되는 순간이 있다. 그 착각의 순간은 생각보다 길다. 그녀는 마치 사물의 일부인 양 그 풍경 속에 일치되는 착시를 일으킨다. 벤야민이 이야기한 도취감에 휩싸이는 순간일까?

한 발자국씩 걸을 때마다 걷는 것 자체가 점점 더 큰 추력을 얻게 된다. …… 다음 골목, 저 멀리 으슥하게 우거진 나뭇잎들, 어떤 거리의 이름 등의 자력에는 점점 더 저항하기 힘들게 된다. 곧 배가 고파온다. 그러나 허기를 가라앉힐 수 있는 수백 가지의 가능성이 있지만 그는 개의치 않는다. 금욕적인 동물처럼 그는 미지의 구역을 배회하다가 결국 지칠 대로 지쳐 자기 방으로, 그의 방이지만 왠지 서먹서먹하고 그를 차갑게 맞이하는 방으로 돌아와 쓰러지듯 잠에 빠진다. (벤야민, 『도시의 산책자』, 10쪽)

걷기에 도취되어 허기도 외면하고 방으로 돌아와 쓰러져 잠 드는 화자는 누구인가? 어째서 상점이나 바에서 웃음을 던지는 여자들과 같은 세속적인 것들의 유혹은 원경이 되고 걷는 그 자체, 그리고 거리 자체, 그 사물들에 매혹되는 것인가? 화자와 같은 그녀의 마음은 무엇일까? 그녀를 설명하려 한다면, 그녀의 본질을 밝히려 한다면, 어떤 어휘가 가능할까? 그녀의 마음은 버지니아 울프가 말한 대로 여기저기 부유하고 떠도는데 말이 다. 『파도』의 버나드처럼 혹은 『싱글맨』의 조지처럼 그저 사람 들이 알고 있는 자기 자신에 가장 가깝게 연기할 뿐이 아닌가. 사람들이 알고 있는 그녀는 이미 벌써 떨어져 나가고 변해 가고 있는데 말이다. 그녀가 원래의 모습으로 그에게 비치지 않을 때 그의 질서에 그녀는 혼란을 준다. 변화가능하다는 것, 즉 늙어 가면서 더 이상 치열할 수 없다는 것, 그리고 사람들과의 친목 에 지쳐 간다는 것, 그래서 친구들이 보고 싶지만 혼자 있고 싶 다는 것, 열렬하게 여겼던 것들이 가치를 상실하고 있다는 것, 그것을 설명하기 위한 언어들이 적합하지 않다. 그러므로 그저 원래의 그녀인 것처럼 그녀를 분장해야 할지 모른다.

〔너만 혼잣말을 하는 것이 아니야. 나도 늘 혼잣말을 해. 그 것은 분노 때문도 증오 때문도 아니야. 나는 세상의 공백에 그 누구를 향한 호명을 하고 있다. 우리는 어쩌면 진정으로 고독 한 것이 아닌지 모른다. 아니, 이 고독을 너와 내가 각각 감당하

지 못할 것을 알기 때문이다. 너의 뒷걸음질과 나의 호명이 미끄러져 가고 나는 그쪽의 쓸쓸함이 아닌 이쪽의 고독에 남았다. 나의 혼잣말은 나의 정신분열이다. 나는 더 가라앉고 더 침잠해 들어가야 한다. 어떤 면에서 사라져야 한다. 나는 사라지기 위해 이곳에 왔고 또다시 사라질 공간을 찾는다. 나는 네게서 나를 숨겨야 하며 이것은 내가 나를 유지하기 위함이다. 나의 설렘과 조급함은 나를 망친다. 나는 더 깊이 숨어야 한다. 마구 솟구치는 나를 거둬들이기 위해. 이 모든 주문은 인간이 자기 안에서 자기와 편안히 있지 못하기 때문이다, 라고 그녀는 생각한다.)

엇비슷한 삶을 조명하는 방식에 대해

우리가 살고 있는 이 우주가 언어적이라는 것은 우리가 살고 있는 이 세계가 말로 이루어졌다는 뜻이다. 말은 가시적이지 않은 것들로 이루어진 그 칠흑 같은 바다에서 가시적인 형태들로 된 섬들을 밝혀 주며, 중요치 않은 것들이 뚜렷한 형식 없이 뭉쳐 있는 거대한 덩어리에서 여기저기 연관성이 있는 지점들을 표시해 준다(지그문트 바우만, 『액체 근대』, 331쪽). 그럼에도 불구하고 작가들은 바로 그러한 소통 가능한 공간에서 비켜서 있으려 한다.

주변 다른 이들이 정착한 곳과는 다른, 자기만의 독자적인 어떠한 공간을 자율적으로 취하려는 결단을 하면서, 글쓰기의 노력을 쏟아부을 공간을 빚어내는 것이다. 이는 고립되면서도 사회화되지 않은 창조적인 것인데, 어째서 작가들은 그렇게 하는 것일까? 바우만은 이에 대해 '정신적 이동성을 지향하는 태도요 삶의 전략'이라고 부른다. 버지니아 울프가 도약하고자 한 예술세계는 따라서 출판업자와 대중과 친하기가 어려운 낯선 공간이었던 것이다. 그런데 그 낯선 공간은 말하자면 공간의 확장이다. 규칙을 깨고 어울리지 않는 것들 간에 매듭을 만들고 엮어 가는 공간인 것이다. {버지니아 울프는 '손가락에서 모든 단어들의 무게를 느낀다'고 하였다.}

버나드, 수잔, 루이스, 로우다, 지니, 네빌은 런던의 유령들이다. 그들은 여러 장소로 이동하였으나 결국 런던으로 돌아오고, 나이들어 간다. 저녁이면 런던에 돌아오고 길가 역에 런던의 불빛이 보인다. 그리고 퍼시벌은 죽었다. "죽은 사람들이 거리 모퉁이에서, 꿈속에서 눈앞에 튀어나오는 것은 참 이상한 일이다"(『파도』, 405쪽). 살아있는 나 또한 친구들에게 막연한 존재이고 잘 알려지지 않았다. "때로는 보이기도 하는, 그러나 왕왕 보이지 않는 유령"(406쪽)인 것이다. 그러나 수잔, 루이스, 로우다, 지니, 네빌은 다르다고 말하기 어렵다. 버나드는 "나는 한 인간이 아니다, 많은 사람인 것이다. 나는 내가 누구인지를 전혀 모른다——지니, 수잔, 네빌, 로우다, 아니면 루이스, 어떻게 나의 인생을 그들의 인생과 구별할 수 있을지 모르겠다"(407~408쪽)고 말한다. 그들은 각기 흩어져서 여기에 함께 없을 때조차 그토록 대단하게 생각하는 차이도, 그렇게나 열정적으로 소중히 여기는 개성도 정복되었다(425쪽).

그렇다면 육체의 경계가 너와 나의 유일한 경계일까. 타자에게 절대 가닿지 못하기 때문에 좌절에 빠지는 것이 아닌가. 타자에게 나를 설명하는 일은 불가능해 보인다.

> 이 식탁에 앉아 나의 인생 이야기를 양손 사이에서 만들어 내어 하나의 완전한 물건으로 당신 앞에 내어놓으려고 할 때 아득하게 멀리 지나가 버리고, 깊이 묻혀 버린 여러 가지 일들을, 이 인생 저 인생 속으로 파고들어가 그 일부가 된 일들을 회상해 내지 않으면 안 된다. (『파도』, 425쪽)

그러나 『파도』는 버지니아 울프가 생각하는 세계관의 완성이다. 『댈러웨이 부인』에서 이미 보았던 인간과 인간의 이어짐. 피터에게 평생 영향을 미치던 클라리사처럼 심지어 알지 못하는 사람들로부터도 영향을 받는다. 타인의 존재는 격리된 벽이 아닌 것이다. 내 안에 타자가 있다는 이 단순해 보이는 진리가 소설의 핵심에 있다. 몸에서 자아낸 실이 서로의 사이에 있는 세계의 뿌연 공간을 가로질러 그 가느다란 실을 길게 늘이고 있다. "자기 자신이 타인과 뒤섞여 그 사람의 일부가 되는 것"(『파도』, 122쪽)이다.

결국 『파도』는 타자와 자아에 관한 이야기다. 외부세계에 대해 외면하는 삶을 살아가려 했던 버지니아 울프에게 세계는 인류를 이어주는 네트워크와 같다. 여름 한철 더위에 내몰려 여러 장소를 옮겨 다니다가 마주쳐야 했던 외부의 소음들. {우리는 소음에 익숙하지만, 그 익숙함은 권태와 나란히 한다. 고요를 찾아 어딘가로 들어간다면 과연 몰두가 될 것인가. 아마도 숨이 막힐 것이다. 그는 그녀에게 말하곤 했다. "숨이 막힌다"고. 그것은 무엇에 대한 기표일까. 어떤 상황일까. 혹은 그녀에 대한 것일까. 버지니아 울프의 산책, 사유하기, 쓰기는 마치 일생의 기획처럼 보인다. 그녀조차 그와 같은 버지니아 울프의 삶이 답답하게 느껴진다. 어쩌면 그녀의 생활도 그와 다르지 않다. 막상 누군가를 만나 일상적인 이야기를 나누고, 웃고, 밥을 먹고, 차를 마시는 것이 아무런 의미가 없이 느껴졌다. 기다림이나 설렘도 없다. 클라리사 댈러웨이와, 램지 부인, 릴리 브리스코가 주어진 삶에 충실하고 한결같음은 헌신을 전제한다. 자신의 감정을 억제하고 자리를 지키므로 자신의 내적 고독, 회한은 한층 증폭된다.}

{어떤 책을 쓸 것인지를 생각하다가 장르의 파열에 대해 생

각해 봤다. 중심 픽션들 사이로 작은 픽션들이 들어왔다. 그녀
도 그렇게 들어왔다. 이상한 경험이었다. 쓰는 도중 많은 것으
로부터 방해를 받았다. 가장 큰 것은 소음이었다.〕그 소음들에
화들짝 깨어 현실세계로 돌아왔을 때의 부적응적 태도, 그리고
다시 빨려들듯이 쓰던 글의 공간으로 되돌아가기를 반복했던
시기가 있다. 이제는 집의 공간에서 마음대로 이쪽과 저쪽을
오가고 있지만, 이 몰입은 여름 한철의 복잡한 환경에 비해 단
조롭다. 그 여름의 기억을 『파도』에서 되찾았다.

"사람들은 계속 지나가고 있어." 루이스가 말했다. "이 식당
의 창밖을 지나가고 있어. 자동차, 유개 화물차, 버스, 또 버
스, 유개 화물차, 자동차──이런 것들이 창밖을 지나가고 있
어. …… 그 뒤에 상점과 집들이 보여. 시 교회의 회색빛 첨탑
도 보이고. 사람들은 계속해서 지나간다. 그들은 교회의 첨
탑, 그리고 햄 샌드위치 접시를 뒤로하고 지나간다. 나의 의
식의 흐름은 이 무질서에 의해 끊임없이 찢기어 아파한다. 따
라서 나는 식사에 집중할 수가 없다.… (『파도』, 135~136쪽)

이처럼 외부세계는 그녀의 내면세계로 장애 없이 침범해 들
어오며 그녀는 속수무책으로 그것의 파도에 휩쓸려야 할 뿐이
다. 버텨낼 수 없는 정신은 그렇다고 외부세계를 오롯이 받아

들일 수도 없다. 말 그대로 휩쓸리는 것이므로 그녀는 불안하고 정처 없다. 낯선 고장에 처음 정착한 사람처럼, 혹은 지나가는 여행자처럼 태도나, 표정이 어색하고 불편해 보인다. 그러나 이러한 태도는 그녀의 삶 자체의 태도이기도 하다. 의도적으로 어디에서든 거리감을 두는 태도가 관찰자적인 눈을 유지시킨다. 그들은 그녀를 스치듯이 바라본다. 공간을 확보하기 위해 장애물을 확인하듯이. 그러나 그녀는 같음과 차이, 묶음의 의미로 그들을 바라보고 있다. 방해꾼인 그들이 그녀의 의식을 해체시킬 수 있는 것은 차이에도 불구하고 우리가 같은 언어를 사용하고 있기 때문이다. 동일한 언어의 구속력이 공동지역에서 그녀를 정복해 버리는 힘을 가지고 있는 것이다.

픽션 밖에서 6

병석에서 오랜 시간을 보내야 했던 작가들은 그 작은 것들, 숨소리와, 빛의 떨림, 병의 입자들을 세세하게 느꼈을 것이다. 일반인들은 결코 이런 작고 내밀한 경험을 삶의 전면에서 느껴 볼 수 없으므로, 등한시할 것들이다. 그러나 이런 느낌들은 평생 오지 않는 것들이 아니라, 어느 틈엔가 온다. 빨리 올 수도 있으며, 늦게 올 수도 있다. 여러 번 겪은 사람은 병색에 익숙해 있다. 그 순간을 감내할 방법도 알고 있다. 그러나 늦게야 처음으로 겪는 사람은 그 밀려오는 감정을 감당해 내기 어렵다. 중요하지 않다고, 아니 심지어 존재한다고 생각하지 않았던 나약함에서 닫히는 기존의 세계와 새로이 열리는 세계에서 극도의 혼란을 느낀다. 그것은 바로 창밖의 아이들 소리. 그 소리는 내용을 전혀 알 수 없을 응집된 공기덩어리가 되어 방안으로 밀려온다. 그것과 실내에 떠도는 병색이 기묘하게 섞여 전혀 다른 밀도의 공기를 생성해 내기에 이른다.

버지니아 울프는 수시로 앓아 누워 있어야 했다. 그녀의 육체와 정신은 자주 그녀를 괴롭혔으며 따라서 늘 죽음이 가까이 있었다. 그랬으므로 죽음에 관해 쓰려고 했으나 "언제나처럼 삶이 침입해 들어왔다"(1922년 2월 17일 일기). 버지니아 울프의 소설은 마르셀 프루스트의 『잃어버린 시간을 찾아서』처럼 무시무시할 정도로 길지는 않다. 어려운 것은 읽은 후에 줄거리가 생각나지 않는다는 점이다. 줄거리를 좇아 책을 읽은 사람이나 읽지 않은 사람이나 크게 차이가 나지 않는다. 요약이 아니라, 언어가 주는 심상을 마음에 새기면서 읽어야 한다.

그러면, 너무나 사소해서 평소에 버려 두는 것들, 마음에 둥둥 떠다니는 뭉뚱그려진 것들이기에 말로 옮기기 어려운 것들이 표면위로 올라온다. '바로 그거야'라고 외치는 순간 그 언어에 부딪쳐 무언가를 건드린 듯 감정은 쨍그랑 소리를 내면서 내동댕이쳐진다. {그녀는 주저앉아 버린다.} 그런 발견을 어떻게 좋다고 할 것인가. 이내 부서지고 사라져 버릴 발견은 비언어 속에 빛날 뿐, 다른 누구와도 공유되기 어렵다. 그것은 소설 언어와 나의 감정이 닿는 순간 잠시 언어로 생성되는가 싶다가 사그라진다. {말은 옆으로 날아가서 과녁에서 몇 인치쯤 낮은 곳에 박혀 버린다. 그렇게 되면 포기하고, 생각은 도로 가라앉아 버린다.} 어쩌면 이런 순간의 느낌들, 감정들을 모른 척하고만 싶을지도 모른다. 그 감정이 드러나고 명확해진다면, 그 무게를 그 고독을 절대적으로 체감해야 하는 것이다. {그녀는 그 경험을 하는 순간 주저앉았다가 바로 잊어버리고 만다. 이쪽과 저쪽을 번갈아 가며 바라보고 있다.}

버지니아 울프를 알면 알수록, 그 시대를 알면 알수록 그녀의 소설을 이해하기가 더 쉬울까? 그럴 수 있을 것이다. 세계대전, 현대소설, 모더니즘, 정신병, 동성애가 그녀를 가로지르며 정체성을 부여하기 때문이다. 앞에서 말했듯이 버지니아 울프를 읽는 것은 고된 일이다. 『댈러웨이 부인』에서 『등대로』로, 그리고 『파도』로 갈수록 외부의 사건들은 중요해지지 않는다. 외부의 사건과 충돌하며 생겨나는 개인의 느낌, 슬픔, 시선이 우선한다. 이런 읽기 어려운 책을 어째서 읽어야 할까, 라는 의문이 제기된다. 어째서 우리는 외부적인 사건에 충격받은 개인의 삶을 살아가는 주체이면서도 개인의 느낌, 슬픔, 시선이 어렵다는 것인가? 소설은 해답을 주는 대신 느낌, 슬픔을 직시하게 하므로 고통스러움을 느끼는 것이다. 직시하게 하며, 다시금 사유에 동참하게 만든다. 그렇게 침묵에 닿아 있는 내면에 침잠하는 것을 참을 수가 없으므로 직시하고 싶지 않은 것이다. {헝클어져 있는 마음이 깊을수록 버지니아 울프를 읽는 것이 더 쉬워진다는 아이러니가 있다, 고 그녀는 생각했다.}

그렇다 해도 『파도』를 읽는 내내 그녀의 마음은 질서와 해석을 찾고 있었다. 불분명하게 나눠지는 여섯 명의 목소리는 그녀를 흔들고 좌절시켰다. 그들이 누구이며 어떤 존재들인지 파악할 수가 없었던 것이다. 파악되지 않는 실존은 그녀를 불안하게 만든다. 수수께끼 같은 인물들은 그녀를 물질인 책 밖에 자주세워 두었다. 들어올 수 있는 것은 완전히 너의 능력이야, 라고 말하는 듯했다. {비가 그치고 산의 흔적이 서서히 드러나고 세상은 묵묵히 그녀의 앞을 스쳐가고 있다.}

버지니아 울프의 세 소설은 자신 있는 해석을 제공하지 않기 때문에 불명료하다. "집요하고 모호한 여러 방식으로 우리를 형성하고 구성하는 의존성과 감수성과 같은 일차적인 관계들을 의식이나 언어를 통해서 완전히 지배할 수 없다"(주디스버틀러, 『윤리적 폭력 비판』, 103쪽). 그렇다. 특히 『파도』는 "신비스러운 감정들과 직면"(『어느 작가의 일기』, 253쪽)해서 쓰여진 소설이라는 점을 간과할 수가 없다. 버지니아 울프는 소설이 쓰여지기 전에 "나는 이야기를 쓰려는 것이 아니다. 그러나 그렇게 해서 이야기가 만들어지는 것인지도 모른다. 생각 중인 하나의 정신. 그것은 빛의 섬들일 수 있다. 내가 표현하려는 흐름 속에 있는 섬들. 흘러가고 있는 인생 그 자체"(『어느 작가의 일기』, 262쪽)라고 적고 있다. 그렇다 해도 언어로 쓰였으므로 완전히 내면적일 수는 없다는 생각으로 그녀는 집중했다. 이는 또한 독자가 소설을 읽을 때 "세상의 기호들, 일상이라는 직면한 환경, 그리고 소설 속 기호 간의 연관성을 가지고 읽게 되는"(아우어바흐, 『미메시스』, 721쪽) 이유이기도 하다. 인간은 부단히 자신이 살고 있는 세계에 의미와 질서를 주려고 노력하기 때문이다. {느슨하다가도 팽팽한 싸움이 계속되었다.}

여기에, 따로 존재한다

뜨거운 여름이 지나갔지만, 그 열기는 하나의 입자로 기억의 핵심에 있다. 잠깐씩 그 더위의 극한을 움찔하며 느낄 때가 있다. 기억 또한 그 핵심만은 남길 것이다. 따라서 털어낸다 해도 모순되고 비뚤어진 기억이 될 수도 있으며, 들추지 못하도록 딱딱해진 굳은살 속에서 붉은 속살을 숨기고 있을 수도 있을 것이다. 털어내기 위한 노력의 시간들은 털어지지가 않아 마음은 마치 까칠까칠한 껍질에 둘둘 말려 있는 것만 같다. 가슴을

펴고 척추를 곧추세워도 다시금 가슴은 오그라들고 척추는 접혀지고 만다. 그러나 버지니아 울프의 말처럼 "만약 내가 이상스럽게 스며드는 이 불안이나 안식, 행복이나 불쾌 따위의 압박을 견뎌 내지 못한다면, 나는 그저 묵묵히 복종의 늪에 빠져들었을 것이다"(『어느 작가의 일기』, 270쪽).

그렇다. 그저 묵묵히 복종의 늪에 빠져들지 않기 위해서 끊임없이 해체될 것 같은 마음을 이겨내야 한다. 아주 조급해지는 모든 신경감각을 끌어내리고 분노의 마음을 식혀야 하는 것이다. 햇볕이 좋아서 잠시 세면대에 물을 채우고 하늘색의 면 셔츠를 담근다. 셔츠의 모양은 마치 다른 사물인 양 이내 후들후들해지고 원형을 잃어 버린다. 비눗물로 인해 손은 감각이 둔해진다. 그녀의 온 마음은 무엇을 원하고 있었을까? 마음은 훼손당하고 시간은 아무것도 아닌 것이 되어 버린 것일까? 여러 겹의 마음만 있다. 어떤 겹의 마음도 바로 그것이야, 라고 할 수 없다. 아무리 들여다보아도 어느 때는 이 마음이 앞서고 어느 때는 저 마음이 앞선다. 가만히 물속을 바라다본다. 빳빳하게 다림질되었던 셔츠와 물속에 잠겨 버린 셔츠는 심지어 색도 다르다. 마르고 다림질이 되면 다시 원래의 모양을 갖출 것이다. 시간이 지나고 또 지나면 그 원래의 색은 퇴색하고 모양 또한 변할 것이다. 눈치 채지 못할 정도로 조용히 변하다가 결국 변했다는 사실을 인식하게 될 것이다. 그와 같이, 그렇게, 감지하지 못한 채 우리의 모습도 서서히 변해 간다. {시간은 흐른다. 그리고 우리는 늙어간다. 그러나 너와 함께, 단둘이, 여기 런던에, 난로 불이 타고 있는 이 방에 너는 거기, 나는 여기 앉아 있는 것은 굉장한 일이다(『파도』, 263쪽).}

결국 서술될 수 없는 것에 대한 『파도』를 읽다가 수없이 길을 잃어버리고 말았다. 1930년 2월 16일의 일기에서 버지니아 울프조차 "이 책을 제대로 끝낼 수 있을지는 아무도 모른다! 아직까지는 잡다한 단편의 잡동사니에 불과하다"(『어느 작가의 일기』, 280쪽)고 적고 있다. 『파도』는 버지니아 울프에게도 쉽지 않은 책이었던 듯하다. 그녀의 일기에 보면 본격적으로 쓰기 시작한 것이 1929년 9월이었으며, 초고를 마친 것이 1930년 4월, 그리고 다시 쓰기를 시작하여 마친 것이 1931년 2월이었다. 그리고 원고를 고치고, 타자한 원고를 완료하고 교정을 마치기까지 5개월이 더 소요되었다.

마치 『파도』의 독서가 버지니아 울프의 집필과정을 고스란히 전해온 듯싶다. 그녀가 『파도』를 집필한 기간은 쓰기와 타자, 교정의 연속이었다. 『파도』의 파편적인 서술에도 불구하고 관통하고 있는 세계는 바로 댈러웨이 부인이 느끼는 타인과의 이어짐, 범우주론적인 공감각이다. 실처럼 이어진 우리는 이곳에 있지만, 그곳에 있는 다른 사람이 드리우는 그림자에 덮여 있다. 나는 내 안에 타자를 함축한다는 것, 나 자신이면서도 이런 타자의 이질성을 가지고 있다.

우리는 결코 '이렇다' 할 한 가지의 특성만을 가지고 있지 않다. '나는 이것이고, 저것이고, 또 다른 것'이다. 사실 『파도』는 버지니아 울프의 '다양한 자아들'에 대한 고민이 집약된 소설이다. 여섯 명의 인물이 따로 등장하지만 그들은 또한 한 사람이다. 버지니아 울프조차 자기 자신으로부터 솟아나오는 이상한 내면을 발견했다고 한다. 그런 순간들은 언어로 전환될 때까지는 알려지지 않았지만, 그래서 아무것도 없는 상태일 수도 있다. 시간이 신체적인 얼굴을 변화시키는 것과 마찬가지로 습관이 한 사람의 삶의 면모를 변화시킨다. 그리고 우리는 그것을 알지 못한다(『버지니아 울프 2』, 1053~1054쪽). 『파도』는 그런 성격의 책이다. '고립된 채 말하는 여러 개의 다른 목소리'는 한 사람의 모습이기도 한 것이다.

그녀는 이 소설의 처음 인상대로 날것의 소재로 접근하고 싶었다. 인생의 고뇌, 분열이 단어들을 통해 고스란히 전해졌다. 제멋대로 흘러가는 삶에 대한 저항, 친구의 죽음, 다가오는 자신의 죽음마저 투정하고 떼를 써서 해결할 심산인 아이처럼 언어는 조각조각 이어진다. 어린 시절에 중얼거렸던 알 수 없는 언어들을 부분적이지만 그대로 가지고 있는 것에서 성인이 되었지만 내면은 크게 바뀌지 않았다는 사실을 알 수 있다. 어른이 되는 것에, 획일적인 삶의 패턴에 자연스럽게 나를 맞춰야 하는 것은 『싱글맨』의 조지처럼 아침 시간의 짧지 않은 분장을 통해 겨우 가능해지는 것이 아닌가. 마음은 끊임없이 흔들리고 부서져 내린다. 그렇게 부서지고 흔들릴 수 있는 자신의 고유한 본질을 삶이 훼손한다. 그것에 대해 아이처럼 막무가내로 떼를 쓰며 저항하는 내면이 분장한 외면 속에서 혼자 쓸쓸하게 분투할 뿐이다.

변덕스러운 마음처럼 일곱 명에서 여섯 명이 된 친구들의 감상들이 뒤섞여 있지만, 그 뒤섞임의 본질은 우리 마음이 계속해서 어떤 인상들에 의해 흘러가기 때문이다. 그들은 런던을 중심으로 모이고 헤어지고 다시 만난다. 런던에서 떨어져 있는 바다를 배경으로 한 『등대로』에서 주춤할 수밖에 없었던 런던 산책은 『파도』에서 다시 돌아온다. 헤어져 있는 동안에도 어떤 인상에서 개별 친구들을 떠올린다. 그들은 이런저런 식으로 서로에게 영향을 주었다. 그 속에 런던이라는 장소와 그 속의 불특정 사람들, 자연이 서로 연결되어 있다. 그녀는 T.S. 엘리엇과 동시대 시인 에즈라 파운드의 시를 떠올린다. 수없이 많은 사람들이 지나가는 런던 메트로의 풍경이 이만큼 집약되어 표현되기도 어렵다.

군중 속에서 유령처럼 나타나는 이 얼굴들,
까맣게 젖은 나뭇가지 위의 꽃잎들.

에즈라 파운드의 「지하철역에서」는 파리의 지하철 어두운 플랫폼에서 밝은 전동차 칸의 얼굴들을 보고 노래한 시이다. 이 얼굴들, 여기에 남는 인상들은 이 세상의 모든 얼굴과 포개진다. 버지니아 울프조차 『파도』에서 런던 전철역의 그와 같은 얼굴들을 자주 언급한다. 지니가 말한다.

> 지금 내가 서 있는 곳은, 원하는 모든 것이 만나는——피커딜리 북쪽과 리젠트 가와 헤이마켓이 교차하는——지하철역이야. 런던 중심부의 보도 아래 나는 잠시 서 있어. 바로 내 머리 위로 무수히 많은 차바퀴가 달리고 사람들의 발이 내 머리를 누르며 지나가. 거대한 가로수가 즐비하게 늘어서 있는 큰길들이 여기서 합쳐져서 이쪽저쪽으로 뻗어나가고 있어. 나는 삶의 한가운데 있어. (『파도』, 287쪽)

도심 지하철에서 삶을 느끼는 지니처럼 『파도』의 인물들은 우정과 권태, 서글픔을 사건이 아닌, 인상으로 처리한다. 무엇보다 우주의 섭리와 자연의 여러 풍경들이 호흡처럼, 공기처럼 휘감겨 있다. 그들이 모인 식당에서 버나드는 친구들 뒤로 하얀 초승달 모양의 바다를 보며, 세계의 끝자락에서 어부들이 그물을 끌어당겼다 다시 던지는 모습을 본다. 일체될 수 없는 타인의 존재성을 어쩔 수 없기 때문일까? 그들에 대한 증오와 사랑, 부러움, 경멸이 공존하며, 그들과 도모한다면 무엇도 마다하지 않을 것 같으면서도 혼자 있기를 가장 바란다. 버나드는 또한 『등대로』의 윌리엄 뱅크스이다. 그는 램지 부인의 식사 초대를 거절하고 싶어 한다. 혼자 식사를 하면서 책을 읽고 싶었기 때문이다. {그가 오기를 간절히 바랐으며, 오지 않기를 또한 바랐다, 라고 그녀가 말했다.}

그러나 그들이 동의하는 것은 역사의 한 토막이 지나갔으며, 자신들도 사라졌다는 것에 대한 인식이다. 버나드의 시도대로 자신을 타인에게 설명하기, 자신의 인생의 의미를 타인에게 설명하는 것이 불가능하다는 것, 혹은 이해할 수 없는 방식의 설명밖에는 되지 않는다는 것이 이 소설이 하고자 하는 이야기 중의 하나이다. 버나드의 말은 이 책의 전체를 보여 준다 할 수 있다.

당신을 이해시키기 위해서는, 나의 인생을 보여 주기 위해서는 하나의 이야기를 하지 않으면 안 된다──이야기는 정말로 많다. 실로 무수히 많다──유년 시절의 이야기, 학교, 사랑, 결혼, 죽음 이야기 등, 하지만 그 어느 것도 사실은 아니다. 그렇지만 어린애들처럼 우리는 서로에게 이야기를 하고 그것을 장식하기 위해 이렇듯 우스꽝스럽고 화려하고 아름다운 구절들을 만들어 내는 것이다. 나는 얼마나 이야기에 신물이 났는가. 아름다운 대지 위에 내려 선 구절들에 얼마나 지겨움을 느끼고 있는가! 또한 노트 반 장에 묘사된 잘 정돈 된 인생의 모양에 대해서도 얼마나 불신의 눈길을 보내고 있 는지. 나는 연인들이 이심전심 가운데 쓰는 짤막한 언어를 갈 망하기 시작한다. 보도 위에서 발을 질질 끌며 내는 발소리처 럼 조각난 언어… (『파도』, 356쪽)

'나는 연인들이 이심전심 가운데 쓰는 짤막한 언어를 갈망하 기 시작한다. 보도 위에서 발을 질질 끌며 내는 발소리처럼 조 각난 언어'── 이 대목에서 『등대로』의 릴리 브리스코가 한 말 이 떠오른다. 그녀는 인생에 관해서, 죽음에 관해서, 램지 부인 에 관해서 말하고 싶었다. 그러나 순간 그녀는 아무에게 아무 이야기도 할 수 없다고 생각한다. 그 순간의 절실하면서도 절 망적인 생각으로 인해 항상 정확한 이야기를 할 수 없다. (다시 반복하면) 말은 옆으로 날아가서 과녁에서 몇 인치쯤 낮은 곳에 박혀 버린다. 그렇게 되면 포기하고, 생각은 도로 가라앉아 버 린다.

릴리 브리스코의 말이 연상되면서부터 기적처럼 그녀의 독 서는 막힘이 없게 되었다. 『파도』 자체에는 흘려버릴 수 없는 삶의 진리가 시적 언어로 가득 채워져 있다. 그것을 요약한다 는 것은 불가능하며 그럴 필요도 없다. 그저 한곳을 펼쳐 읽더라도 그 깊이에, 사물의 본질에 가닿는다. {『파도』에 대해 쓰면서 직접 인용하는 횟수가 늘어난 이유이다.} 그런데도 고됐는지, 그녀는 겨우 한 번을 읽어내고 나서는 산책을 나갔다. 저녁 무렵 모든 나뭇잎들이 쏟아져 내릴 것만 같은 나무 속으로 걸어가자 가로등에 반사되어 내리비치던 색마저 순간 하얗게 바뀌면서 머리 위를 덮고, 그래서 아득해지고 사라지는 것 같은 찰나였다.

아무것도… 아무것도 아니었다고 말해야 할 것이다. 그 순간을 나는 서술할 수 없다. 서술될 수 없는 것이 폭발하고 서술을 하면 할수록 나는 점점 더 설명 불가능한 것으로 드러난다(버틀러, 『윤리적 폭력 비판』, 134쪽). 설명 불가능한 것으로 '드러난다'는 것에 주목해야 한다. '설명 불가능한 것은 없다'가 아니라 '설명 불가능한 것이 있다'는 것에 대한 것이 이 소설이 전하려는 말이다. "환상의 파도 같은 비현실의 세계"(『어느 작가의 일기』, 264쪽)가 그것이다.

'비현실의 세계'라는 말에는 오해의 소지가 있다. 판타지 성격이 있다 해도 이 소설이 신이나 요정, 초인을 다루는 것은 아니다. 평범한 직업을 가진 각기 다른 인물들, 다르다고 하지만 인간의 공통점을 가지고 있기에 비슷하기도 한 인물들의 일상기이다. 그 일상이 댈러웨이 부인의 시선에서 맺히는 사물의 인상이나 램지 부인의 시선에서 머무는 시간과는 동떨어져 보이는, 개인의 경계를 이루는 각각의 이름과 육체라는 점을 제외하면 누가 누구인지 알기 어려운 목소리 때문에 소설은 경계를 지워 버린 얼룩 자체라고 할 수 있다. 경계가 지워진 언어라니. 앞에서도 이야기했듯이 우리는 안과 밖이라는 경계의 구분을 계기로 세계를 이해하기 시작했다.

선과 악, 미와 추, 흑과 백, 정신과 육체, 내면과 외면이라는 경계는 삶의 논리이자 규칙이었다. 경계가 있어야만 질서와 책임이 따를 수 있다. 이러한 경계를 나누기란 따라서 어렵고도 불가능해 보이지만 불가피한 것들이었다. 그렇다 하더라도 『파도』에서 이야기하는 불분명한 경계는 경계라고 하는 것이 절대적인 것이 아니라는 점, 충분히 서로를 침범할 수 있다는 사실을 보여 준다. 『파도』라는 제목이 이미 그러한 것을 암시하고 있다.

나는 변화하고 있었다

젊음은 지나가는 중이거나
기형적인 기억에 지나지 않는다.

어머니와 언니 스텔라의 죽음은 버지니아 울프를 정신적인 나락으로 떨어뜨리게 했으나 한편에서, 그렇게 멍들게 하고 상처 입히는 죽음들은 신이 우리를 진지하게 받아들이고 있으며 또 그렇지 않았더라면 주지 않았을 어떤 것을 느끼게 할 것이라고 그녀 스스로 믿고 있었던 것 같다. 따라서 그녀는 늘 죽음을 느끼고 있었다. 죽음이 삶과 밀착되어 있다는 사실을 어린 시절 어머니의 죽음으로부터 경험했으므로 깊이 사유할 기회가 있었던 것이다.

세 소설 『댈러웨이 부인』, 『등대로』, 『파도』는 '세월' 자체라 할 수 있다. 태어나서 성장하고 가장 빛나는 젊은 시절을 실수와 후회로 보내면 중장년, 노년기를 맞이한다. 그리고 죽음을 느낄 만한 노년에 또다시 삶의 빛나는 순간을 경험한다. 삶의 빛나는 순간이 있다는 것을 정면으로 느낄 수 있는 유일한 때가 노년기이기 때문일 것이다. 젊은 사람의 눈에는 더 오래 살고 싶어서 병들거나 불편한 몸을 어떻게든 지탱하려는 것으로 보일지 모르지만, 죽음 앞에 서 있는 노인은 죽음과 삶의 경계를 온몸으로 지워 버리게 된다. 한겨울에 뜻밖의 훈풍과 마주할 때의 기분에 가깝지 않을까. 바람은 달콤하게 나의 머릿결을 스친다. 순간 눈을 감고 최대한 집중한다. 사라질 것에 대해 온몸으로 느끼는 순간, 모든 감각이 일어서는 것이다.

나라는 존재는 나의 모든 측면이 많은 사람에게 노출될 때에만 반짝반짝 빛난다(『파도』, 278쪽). 나의 모든 측면은 버나드도 이야기했듯이 여러 사람들을 담고 있는 다면체이다. 그 또한 내 것이지만, 오래 봐온 사람에게는 그 세월만큼이나 나의 헛수고나 잘못, 그리고 믿지 못할 수많은 감정까지 보였을 수밖에 없다. 드러난 모든 면은 허점이 될 수도 있다. 내가 성장하기 이전의 모습을 본 사람들은 이후의 모습이 낯설 뿐이다. 어린 시절의 친구가 어릴 때의 기억으로만 지금의 나를 대하는 것과 같다. 이때 나의 모습이 과연 빛날 수 있을까. 그렇지 않기 때문에 '낯선 사람을 만나면 희망이 되살아나곤' 하는 것이다. 그를 모르는 사람은 그가 무슨 일을 계획했다가 못했는지 모르기 때문이다. 이처럼 사람들은 자신의 모든 측면을 보여 준 사람들로부터 멀어지기를 더 원한다. 내 고민과 내 열등함을 토로했던 상대를 그 상황에서 벗어난 후에는 다시 만나고 싶지 않은 것도 그런 이유에서다.

지금의 사람들은 과거의 나를 알지 못하며 과거의 사람들은 나의 현재 모습을 보지 못했다. 설사 보았다 해도 대단찮게 생각한다. 한편, 그때 알았던 사람들만 나의 소질을 알고 있다는 것은 기억이 붙잡고 싶은 현실이며 그 사실을 다른 사람들이 알지 못하는 지금이 오히려 비현실적이다. 버지니아 울프의 또 한 편의 단편 「조상」에서 밸런스 부인은 무명 드레스를 입고 있는 어린 소녀였던 자신을 생각하자, 눈물이 곧 쏟아질 것 같았다. 크고 검은 눈. 존 키츠의 「서풍에게 바치는 송시」를 읊는 귀여운 모습. 그녀를 자랑스러워했던 그녀의 아버지가 떠오른다. 밸런스 부인은 그렇게 자신을 알아봐 주던 과거를 현재보다 더 현실적이라고 생각한다. 나를 아는 사람들은 바로 과거의 인물들밖에 없는 것이다. 이 엇갈림. 과거의 불충분한 내 모습을 잊기 위하여 새로운 사람만을 만나고 싶은 사람과, 과거의 영광스러운 내 모습을 기억하고 싶으나 기억하는 사람들은 남아 있지 않은 사람이 있다.

계단을 오르는 동안에 사물은 각각의 본성을 잃고 있다. 아무 계획 없이 혼자 테라스를 오르락내리락하는 버나드의 눈에는 점과 대시가 달려든다. 나이가 들어가며 생기는 시각적 인상이자 질환이다. 언어로 표현이 불가능할 것 같던 시각적 인상은 때가 되면 발견되어 '간단히' 언어로 표현되기도 한다. 이것을 전하기 위하여 "무언가 결정적인 진술을 하려고 끊임없이 마음의 여백에 주석을 달고 있다"(『파도』, 282쪽). 나를 설명한다는 것이 이런 것이다. 나의 모든 측면이 노출된다는 것은 극단의 감정을 전부 드러낸다는 것이 아니라 내가 나의 본질에 가닿기 위해 마음의 여백에 달았던 주석을 전하는 것이리라. 그 주석을 가지고 타인에게 말을 거는 것이다. 거기에 있을 너에게, 타인에게 내 말이 가닿는 순간에 그의 반응을 보고 비로소 나는 나를 알게 된다. 그것이 진정한 나인지 그렇지 않은지는 중요하지 않다. 나는 그렇게 타인에게 각인되는 것이다.

나는 얼마나 풍성하게 청춘을 즐길 것인가(네가 나로 하여금 그렇게 느끼게 한다). 그리고 런던. 그리고 자유. 그러나 그만 하자. 듣고 있지 않구나. 표현할 수 없이 낯익은 제스처로 무릎을 따라 손을 미끄러뜨리면서 너는 무언가 항의하고 있는 거야. 그러한 제스처에서 우리는 친구의 마음에 든 병을 진단해내지. '너의 넘치는 풍요 속에서 나를 지나쳐 버리지 마'라고 말하고 있는 것 같아. '그만해'라고 너는 말하지. '내가 어떤 고통을 겪고 있는지 물어봐 줘'라고 너는 말하고 있는 거야. (『파도』, 124~125쪽)

이것은 하나의 인상이다. 상대의 낯익은 제스처에서 알 수 있는 언어적 해석이다. 이렇듯 매순간을 나의 심정에 대해 설명하고 이해시킬 수가 없다. 침묵을 공유할 뿐 마음에 부는 깔깔하고 허전한 색조를 설명할 수는 없는 것이다. {네가 감정적으로 너무 인색해서, 너에게로 쏟아지던 내 마음은 마치『댈러웨이 부인』의 윌리엄 브레드쇼의 아내 레이디 브레드쇼처럼 졸아들고 지워지고 닳아졌지만, 다듬어지지는 못하고 점차 거두어지고 있어, 라고 그녀는 말한다. 나는 다른 사람을 향해 내 마음이 옮겨지는 것이 두려웠어. 너에게 생겨난 이 마음을 너에게만 오롯이 쓰고 싶었지. 그러나 너는 즉흥적으로 낭만적인 행동은 보여 주었지만, 그것을 지속시킬 줄도 내 마음을 받을 줄도 몰랐어. 나는 이런 마음을 전부 설명하고 질문해 보았지만, 너에게서 원하는 답은 얻지 못했어. 이 책, 저 책을 들추다가 장 그르니에의 재미있는 문장을 발견했어. 그는『존재의 불행』에서 '인간이 모든 것을 표현하는 유일한 방법은 바로 아무것도 이야기하지 않는 것'이라고 했어. 한 예로 내가 상대에게 장문의 편지를 써 보낸 경우와 빈 봉투를 보냈을 경우 어떤 일이 발생할 것인가, 에 관한 것이야. 빈 봉투를 받은 사람은 초조해질 것이며, 반대로 그가 장문을 편지를 받았다면 끝까지 읽지도 않을 것이라는 것이지. 편지가 무엇을 요구하고 있다면 그 요구를 거절할 이유를, 제안을 하고 있다면 그 제안에 반대할

구실을, 초대를 하고 있다면 그 초대를 거절할 명분들을 찾아냈을 것이라는 거야. 그런데 아무것도 요구하지 않으면, 아무것도 말하지 않으면, 그는 당황스러워질 뿐만 아니라 심한 혼돈에 빠지게 될 것이야. 질문은 무시할 수 있지만 암시는 무시할 수 없다는 거지. 중요한 것은 말해지지 않는다는 것이지. 더 적은 것이 더 많은 것보다 낫다는 원칙에 기반을 둔 행동이나 표현, 내적 삶에의 '신비'를 내가 이해하지 못했기 때문일까, 라고 그녀가 말했다.}

그러나 내게 보이는 것이 타인에게는 보이지 않는다. 마주 앉은 내가 타인에게 보이는 거라고는 "관자놀이 근처가 반백이 된, 약간의 무거워진 초로의 남자"(『파도』, 356쪽)이다. 육체 속에 살고 있는 우리는 육체의 상상력으로 사물의 윤곽을 볼 수밖에 없을지도 모른다(『파도』, 261쪽 참조). 육체. 퍼시벌이 죽은 마당에 어렵게 만난 여섯 친구들은 즐겁고 행복하다기보다 서글프다. 그는 오지 않을 것이기 때문이다. 중년이 되었고 나는 무엇을 얻었을까? 네빌이 얻은 것은 자신이 인정받았다는 증명서이며, 그는 이것을 주머니에 넣고 있다.

그러나 그것이 무슨 대수일까. 버지니아 울프는 그런 네빌이 증명서를 자랑할 기회를 주지 않는다. 무와 옥수수 밭을 일구며 살고 있는 수잔에게 네빌은 자랑은커녕 웅크리게 될 뿐이다. 네빌은 수잔의 초라한 의복을, 거친 손을, 찬란한 모성의 상징들을 지워 버리고 싶다. 그러나 수잔에게 악착같이 달라붙어 있는 것들이라 네빌도 어떻게 할 수가 없다. 각자 다른 인생에 들어서서 시간은 얼마나 빠르게 갔던가. 1월에서 12월까지 인생은 얼마나 빨리 흘러가는가? 익숙해진 수많은 사물의 흐름에 모두 휩쓸려 흘러가면서 비교도 하지 않고 자기나 타인에 관해 생각도 하지 않는다(『파도』, 323쪽). 네빌은 수잔의 헌신적인 삶을 자신의 증명서와 비교할 수 없다는 사실을 알고 있다. 내가 살아온 삶을 굳이 다른 누구와 비교한다면 불행할 수밖에 없다. 누가 더 낫다고 할 수 없는 길에 각자 들어서 있기 때문이다. 그는 문득 자신이 훌륭한 아버지가 될 수 있는 기회를 얻지 못한 데 대한 회한에 빠져들었다.

버지니아 울프는 단편 「행복」에서 이런 기분을 다름 아닌 '늙어감'의 징후로 드러냈다. 허리를 숙이고 바지에 붙은 흰 실오라기를 털어내는 스튜어트 엘턴은 기분이 급격히 저하되어 마치 장미에서 꽃잎이 떨어지는 것 같은 기분에 빠져든다. (바쁜 아침 출근 시간에 화장대에서 손에 잡히는 화장품마다 놓치는 날이 있다. 아이섀도 커버나 브러시, 토너의 뚜껑이 방바닥에 떨어지면, 마치 되는 일 하나 없는 듯 기분이 저하된다.) 더 이상 젊지 않다는 느낌이다. 그리고 다시금 서턴 부인과 대화를 하기 위해 허리를 펼 때는 자신이 마치 수많은 꽃잎이 차곡차곡 포개진 꽃잎 덩어리처럼 느낀다. 그의 그 까닭을 알 수 없는 홍조에 속까지 빨갛게 물들었다(『버지니아 울프 단편소설 전집』, 251쪽). {'홍조에 속까지 빨갛게 물든' 갱년기의 변화가 느껴진다. 현재를 한탄하고 과거를 눈부시게 기억하는 것은 '시절'의 양면성이다. 육체적 변화 말이다. 젊음이 누벼져 있는 과거, 안팎으로 초라함을 경험하는 늙음의 증거가 현재를 우울하게 하는 것이다. 마음은 더 옹졸해지고 인내심도 줄어든다. 세상을 향해 열심히 살았다고 호소하고 싶으나 그럴 수 없는 억울함이 그를 휩싼다.} 이때 "내가 보기에 당신은 세상에서 가장 행복한 사람 같아요."라는 서턴 부인의 말에 스튜어트 엘턴의 급격히 떨어졌던 활력이 회복된다.

늙는 것과 죽는 것이 서글프다는 마음은 이내 잊혀지고, 지워진다. 그러나 궁극에 사라질 수 있는 것이 아니다. 우리는 천 가지의 마음을 품고 있다.『댈러웨이 부인』은 현재에 뿌리를 내리고 과거를 머금고 있다.『등대로』는 오늘 하루에, 그리고 미래의 오늘 하루에 같은 사람들이 머문다.『파도』는 성장, 노쇠의 과정을 전부 보여 주지만, 사건 자체가 아니라 사건을 겪어 낸 뒤의 내면을 보여 준다. 이들 소설에서 젊음은 지나가는 중이거나 기형적인 기억에 지나지 않는다.『댈러웨이 부인』은 하루 동안의 이야기지만, 기억으로 소환된 젊은 과거는 어리석기만 한 것이 아니라 현재의 한 귀퉁이에서 빛나고 있다. 현재와 전혀 다른 삶이라 지금의 나와 연결되어 있는 것 같지 않지만,

그때의 선택은 현재의 그림자가 되어 있다. 그리고 그 젊은 한 때를 교차하는 기억 속에 젊음과 늙음이 공존한다. 치열하게 살아낸 삶은 개인의 성격 속에 오롯이 박혀 있다. 고집스럽고 옹졸할지라도.

픽션을 여는 문

『등대로』는 3부로 나눠져 있지만 1부 전체는 현재 하루 동안의 이야기다. 매년 여름 거의 똑같이 일어나는 어느 하루의 일과인 것이다. 이미지로 스쳐간 긴 세월은 가장 짧은 2부에서, 그리고 3부에서 이틀에 집약된 현재가 이어진다. 그러나 1부의 현재는 3부에서 보면 과거이다. 그러나 1부를 읽는 동안 독자는 젊음의 현재 속에 있게 된다. 3부를 읽는 동안 독자는 죽음에 가까운 램지 씨와 다른 인물들의 나이든 현재에 발을 들여놓게 된다. 회상을 통해 1부를 읽게 되는 것이 아니라 젊은 시절의 나이를 감정이입하여 그대로 느끼는 것이다.

『파도』는 시간의 흐름이 연극적이다. 예를 들면, 어떤 시기를 '이렇다' 하고 명명한다. "나는 회색 플란넬 옷을 입고, 놋쇠로 만든 뱀 모양 장식이 달린 허리띠를 매고 있는 소년이다", "우리의 무책임한 유년 시절은 지나갔다", "이제는 더 이상 젊지 않아. 이제는 더 이상 행렬에 낀 한 사람이 아니야", "내 목소리 톤은 내가 중년이라는 사실을 알려준다", "관자놀이 근처가 반백이 된, 약간 몸이 무거워진 초로의 남자"로 자신을 객관화하여 서술한다. 친구를 잃고, 결혼을 하고, 자식을 낳고, 일을 하며, 늙고, 마침내 죽음과 직면하는 인생 전체가 한 줄씩의 글로 조망된다. 우리가 일반적으로 생각하는 사건에 해당하는 탄생, 노화, 죽음, 그 어떤 것도 특화되어 전면에 나타나지 않는다. 그리고 마침내 "이 세계에 침잠해 있던 우리는 다른 세계를 의식하게 되었다".

우리 여섯은 수천 억이라는 하고많은 인간들 가운데서 측량할 수 없을 정도로 풍요로운 과거와 미래 가운데 일순간 거기서 의기양양하게 타올랐다. 그 순간이 전부였다. 그 순간이면 더 바랄 것이 없었다. 그러고 나서 네빌과 지니와 수잔과 나는 파도가 부서지듯이 흩어져서 굴복하고 만 것이다. (『파도』, 410쪽)

그렇게 자신들의 인생을, 정체성을 바라보았고, 죽음을 인식했다. 그들이 함께한 시간은 순간에 지나지 않는다. 육체라는 분리된 존재에게 가해지는 폭력은 각자의 몫인 것이다. 죽음의 진리만이 남아 있다. 그러나 각자가 죽어야 한다는 필연성은 존재 자체로 하여금 관계로, 절대적이 아니지만, 공동체로 정의하게 만든다. 『댈러웨이 부인』의 셉티머스처럼 버나드는 "받아요, 이것이 나의 인생이오"라고 말하고 싶다. 그리고 셉티머스와 달리 그는 자신의 인생을 설명하고 싶다. "원숙함과 무게를 지니게 되고, 그 다음 단계에서 완전해진다는 환상 말이오. 지금 당장은 이것이 나의 인생인 것 같소"(『파도』, 355쪽). 두 사람 모두 타인에게 자기 자신을 설명하고자 한다. 셉티머스는 자신을 애써 설명했던 것이 감금해야 할 대상으로 판정나면서 좌절해 버렸고, 버나드 역시 자신의 인생을 설명해 보지만 자신에게 보이는 것이 상대에게는 보이지 않는다. 말로 다하지 못하는 것들이 너무나 많다면 우리는 침묵만을 겨우 함께해야 할지도 모른다.

클라리사의 파티와 버나드 외 다섯 친구들이 퍼시빌을 잃고 나서 이어 가는 삶의 이야기는 여전히 공유된 시간과 기억의 축복인 동시에 권태이다. 그러나 모두가 "자유로워져 도피하고 싶으면서도 또 다른 한편으로는 속박되고 싶은 욕망"(『파도』, 382쪽)을 가지고 있다. 혼자라는 단수성은 사실상 타자와의 소통, 나란히 놓여 있음에서 갈망되는 것이다. 만약 정말 혼자로서 가능한 모든 시간이 있다면 혼자가 되고 싶다는 욕망은 불가능하다. 우리는 타인에게서 방해받는다고 생각할 때 벗어나고 싶어진다. 그래서 아마 인간을 반쯤 열린 존재라고 부르는지 모르겠다.

욕망이 다했을 때 우리는 죽게 된다. 육체라는 경계를 가졌으므로 혼자이기도 하지만, 끊임없이 외부의 자극과 타인에게 영향받고 영향을 미치는 것이 우리이다. 따라서 함께하고 싶고 동시에 혼자 있고 싶은 것은 불가해한 인간의 이중성일 것이다. "수잔, 지니, 네빌, 로우다, 루이스와 섞여 이렇게 흘러가는 것은 일종의 죽음인가? 여러 가지 요소의 새로운 결합인가?"(『파도』, 411~412쪽)라는 질문이 이것에 대한 답이리라. 죽음은 시간이 지나 뒤이어 오는 것이 아니다. 삶과 같이 춤추며 흘러가는 것이리라. 여러 회화에서 죽음과 삶은 한 쌍의 연인처럼 붙어 춤을 추고 서로를 갉아먹는 형상을 하고 있다. 존 던의 연애시 또한 언제나 죽음을 개입시키고 있었다.

사랑하는 이여, 나 당신을
싫증나 떠나는 게 아니오,
세상이 내게 더 적합한 애인을
보여 주리라는 소망에서도 아니오.
그러나 나 끝내는
죽어야만 하기에, 이처럼
내 자신을 농담처럼 죽음에 익숙하도록
이렇게 거짓으로 죽는 것이 최선의 방법이지요.

어젯밤 태양은 이곳을 떠났지만

오늘 다시 여기에 와 있소.

태양은 욕망도 감각도 없소.

내가 가는 길은 태양이 가는 길보다 멀지만

더 빨리 돌아오겠소. 그러니 내 걱정하지 말고,

내가 태양보다 더 빨리 여행하고 돌아올 것을

믿어주오. 내게는 태양보다 더 빠른

날개와 박차가 있으니

오, 인간의 힘은 얼마나 나약한가.

만일 행운이 찾아온다 해도

인간은 한 시간을 보탤 수 없고,

잃어버린 한 시간을 되찾을 수도 없소.

그러나 불운이 찾아오면

우리는 불운에 우리의 힘을 보태게 되고,

그에게 기술과 시간을 가르쳐서

불운이 우리를 앞지르게 한다오.

[…]

그대의 예감이 나의 불길함을

미리 생각하게 하지 마시오.

운명은 그대의 편을 들어서

그대의 두려움을 현실화시킬지 모르니,

다만 잠을 자기 위해

돌아누웠다고 생각하시오.

서로를 살아있게 하는 사람들은

결코 헤어지는 일이 없소.

한 사람의, 특정한 순간

"나는 걸음을 멈추고 나무를 바라보았다. 가을의 빨갛고 노
란 가지들을 바라보고 있노라니까 약간의 침전물이 형성되었
다. 내 안에 침전물이 생겼다. 한 방울이 떨어졌다. 나는 느꼈
다 — 내 인생의 여러 경험 가운데 하나를 완성시키고 있다
고"(『파도』, 376쪽). 이것은 루이스의 말이다. 그녀가 오후에 벌
판을 지나 강변까지 걸어가면서 스쳤던 나무들. 굵은 낙엽들로
근처 거리가 사각거리는 플라타너스의 숲. 아직 떨어지지 않은,
말라서 둥글게 몸을 만 잎사귀들을 그녀는 바라보고 있었다. 바
람이 한 번 불면 힘없이 아래로 수직강하하는 잎들이 루이스의
말처럼 자신 안에도 침전물을 만들어 놓았을까. 그녀에게 닥친
복잡하고 괴로운 감정들에 완전히 굴복되고 마는 것은 아닌가.

그렇게 온통 그녀를 팽개친 후에야 그녀의 마음에도 방울들이 피어오르는 것이었다.

"여기에 앉아 있는 동안에도 나는 변화하고 있었다. 하늘이 변하는 것을 주목했다"(『파도』, 432~433쪽). 퍼시벌이 죽고 아들이 태어났을 때에 양립하는 두 감정에 대해 버나드는 자신의 양쪽 옆구리가 두 개의 감정에 떠받쳐 있다고 했다. 어느 쪽이 슬픔이고 어느 쪽이 기쁨인지 영 알 수가 없었다. 필요한 것은 침묵이며, 홀로 있어야 한다는 것이다. 자신의 세계에 무슨 일이 일어났는가를 생각해 볼 시간을 가져야 했다. 죽음이 어떤 짓을 했는가를 생각해 볼 필요가 있었다. 공유된 죽음은 『댈러웨이 부인』에서도, 『등대로』에서도, 『파도』에도 등장한다. 세 작품에서 죽음은 결코 가려지거나 회피될 수조차 없다. 셉티머스의 죽음이, 램지 부인의 죽음이, 그리고 퍼시벌의 죽음이 각기 댈러웨이 부인과 릴리와 버나드 외의 친구들을 지배한다.

알 수 없는 미지의 사람이 죽었다는 소식에도 클라리사는 홀로 방에 침묵한 채로 창밖을 내다본다. 바로 앞집의 노부인이 잠자리에 들기 위해 덧창을 내리고 커튼 뒤로 사라지는 모습을 보며 감탄한다. 『파도』에서 강 건너편의 작은 상점 주인들의 침실에서 흘러나오는 불빛을 지켜보며 버나드가 편안함과 만족감을 느끼는 것과 같다. 여러 해 전에 죽었지만, 릴리의 눈에 램지 부인은 여름 별장의 모든 곳에 존재한다. 램지 부인의 존재감은 릴리로 하여금 분노와 슬픔을 동시에 갖게 한다. 퍼시벌은, 퍼시벌에 대한 버나드의 감정은 그가 중심에 앉아 있다는 것이다. 그렇지만 그런 일상에서 하나의 또렷한 인간으로 확실하게 존재해야만 한다. 사무실에서 미스 존슨에게 영화가 어땠느냐고 물어봐야 하고 찻잔을 받아들어야만 한다. 그렇지 않다면 그는 사라지고 말지도 모른다. 그는 펜을 들어 종이에 나, 라고 서명을 하여 자신을 분명히 해야만 하는 것이다(『파도』, 252쪽 참조). {나를 비로소 나로 보이게 하는 말투와 제스처, 웃음 그리고 글씨체가 있다.}

그러나 수도 없이 친필 서명을 하는 것을 제외한다면 자신을 분명히 하는 것이 어떻게 가능할 것인가? 나의 감정은 끊임없이 변화하고 여러 사람을 다면화하고 내재화한다. 클라리사의 피터와 리처드에 대한 마음만 보더라도 다각적인 측면에서 다른 색조를 띤다. 그녀는 리처드에게 다락방이 싫다고 말하지 못한다. '당신의 보호가 나에게는 규제라고, 그것이 나를 고립시키고 외롭게 한다'고 설명하지 못한다. 그조차 분명하지 않기 때문이다. 퍼시벌이 버나드에게 말로 하지 못하고 낯익은 제스처로 무릎을 따라 손을 미끄러뜨릴 때 버나드는 그가 무언가 항의하고 있다고만 추측한다. 말은 표현하는 순간 깊어진다. 진지해지고 규정된다. 표현하기 전에 있었던 미묘하고 불확실한 상태의 것이 수면 위로 떠올라 형체를 갖추고 제 모습을 주장할 때, 장 그르니에가 설명한 편지처럼 명시적이 된다. 그렇다면 상대는 그것에 맞는 해명을 준비할 수 있다. 상황은 쉽게 넘어가 버린다. 그게 아니야, 라고 더 이상 항변할 수 없다. (나를 한 방향으로 고정시키지 마. 그렇게 단순하지가 않아. 내가 너에게 맞춰 가다가도 어느 순간 더 나아갈 수가 없을 때 손을 놓아 버리고 말 거야. 그 노력과 상관없이 즉시 끝나 버리고 말 거야, 라고 그녀가 중얼거린다.)

클라리사가 자신의 감정을 드러내지 못하고 순순히 다락방으로 옮긴 것은 리처드의 처방이 옳았기 때문이다. 그녀는 조용히 안정을 취해야 했던 것이다. 그런데도 '조용히 안정을 취해야 하는 것'의 가장자리에는, 채워지지 않고 계속해서 미끄러지기만 하는 공백이 있다. 일단 옳다고 결정한 사안에 대해서는 의심이나 불안도 없으며 이후에는 무관심해지는 리처드다. 클라리사의 빈 마음을 추측하지 못하는 리처드였다. 옳고 그름으로 판단하지 않는 피터와 언제나 옳은 결정을 내리는 리처드의 차이에 클라리사의 빈 마음에 담긴 진심이 걸려 있다. 그녀는 불완전하고, 연약하고, 외로운 채로 자신의 슬픔을 홀로 보듬어야 했다.

그러나 그것으로 이야기의 끝을 맺을 수는 없다. 일종의 한숨으로, 파도의 마지막 잔물결로 이야기를 끝낼 수는 없다. 끝났다는 사실을 알고도 밤새도록 기다리고 앉아 있다. 그러면 어떤 충동이 체내를 또다시 관통한다. 버나드는 "면도를 하고 얼굴을 씻었으며 아내를 깨우지 않고 아침을 먹고 모자를 쓰고 생활비를 벌러 나온다. 월요일 다음에는 화요일이 온다"(『파도』, 396쪽). 마찬가지로 클라리사는 파티를 열어 사람들을 불러 모으고 모르는 청년 셉티머스의 죽음에 경도되다가도 친구들과 손님들이 있는 삶의 세계로 다시 건너온다. 질병과 전쟁의 곁에서 죽음을 필연적으로 생각할 수밖에 없었음에도, 삶이 언제나 버지니아 울프의 모든 곳으로 침범해 들어와 계속해서 방해를 했던 것과 마찬가지이다. 그녀의 깊은 우울이, 의기소침이, 권태가 그녀를 가만히 놔두지 않고 무섭게, 그리고 날카롭게 흥분시켰던 것이다.

"무수한 인류와 모든 과거의 시간 한가운데서 그는 한 사람을, 특정한 일순간을 선택했다"는 『파도』의 한 구절처럼 버지니아 울프는 삶 중에 어떤 층위를 도려내어 표본으로 삼듯이 하루를 세밀하게 확대했다. 그와 같은 하루들이 시간을 지나, 역사를 지나 앞으로 나아간다. 그렇게 하여 풍요로운 시대를 누린 한 세대가 다가올 세대를 위하여 파도가 부서지듯이 흩어지는 것이다. 버나드와 친구들은 그렇게 "수천 억이라는 하고 많은 인간들 가운데서 측량할 수 없을 정도로 풍요로운 과거와 미래 가운데 일순간 의기양양하게 타올랐다가 파도가 부서지듯이 흩어져서 굴복하고 만다".

런 던 유 령

그녀는 도시 가운데에서 철저히 고독해지며

끊임없이 허물어지곤 한다.

『댈러웨이 부인』은 대부분의 인물들이 걸으면서 만나는 풍경들과 머릿속에 떠오르는 생각을 대응시킨다. 클라리사 댈러웨이의 산책, 즉 런던의 걷기에서 그녀는 생각 속을 깊이 배회하게 된다. 셉티머스와 레치아 또한 런던 시내를 산책하면서 각기 다른 생각들에 빠져 있다. 셉티머스는 전쟁에 대한 지울 수 없는 회상에 빠져 있으며, 레치아는 고향에 대한 그리움으로 나란히 걷고 있는 동안에도 각자의 머릿속을 배회하고 있다. 사랑은 사람을 고독하게 만든다, 라고 레치아는 생각했다.

피터 월시야말로 산책에서의 정신적인 배회를 가장 극대화하는 인물이다. 인도에서 오랜만에 돌아와 런던을 걷는 그의 발걸음에는 클라리사에 대한 생각, 현재 자신의 삶에 대한 회한, 그리고 꿈에 가까운 상상까지 병행되어 일어난다. 이것은 그 어떤 외부의 사건보다 치열하며 강렬하다. 그는 현실적으로 실패한 인물로 비쳐지기에 스스로도 그 누구보다 더한 내적 갈등에 처해 있다. 그러나 또 그만큼 그는 삶을 사랑한다. 안정보다는 모험을, 사랑을 택했으며 실패했지만 또 그만큼 사람을 꿰뚫어보기도 한다.

거리에는 사람들뿐만 아니라 상업지구가 형성되어 있고 각기 다른 성격의 상점들이 밀집해 있다. 클라리사 댈러웨이가 들렀던 꽃집에는 그녀가 파티에 사용할 온갖 종류의 꽃들이 갖춰져 있다. 그 꽃들이 클라리사로 하여금 자신이 소녀였을 때서 있던 안개 자욱한 곳의 장미, 카네이션, 붓꽃, 라일락을, 특히 저녁 6시와 7시 사이에 타오르던 순간을 떠올리게 한다. 기억은 과거의 일부분이 아니라 현재를 복합적으로──시각적으로도, 청각적으로도, 후각적으로도──형성하는 것이다.

그러나 이 책에서 소개한 그 어떤 누구보다 버지니아 울프가 런던의 유령이라고 할 수 있다. 버지니아 울프의 글쓰기와 걷기에 대한 그녀의 열정 간에는 깊은 연관성이 있다. 그녀의 걷기는 그녀의 상상적인 배회와 상응한다. 한 발 한 발 내딛을 때의 리듬감은 그녀가 쓰는 산문의 속도를 설정하기도 했다. 화창한 봄날, 옥스퍼드가를 혼자 걷는 것이 그녀에게는 가장 큰 휴식이었다. 그녀는 세인트 폴 성당의 그늘 아래에서 런던 지역의 에너지와 움직임과 주말의 황량함에 대해 썼다. 그녀는

"관심이 없고, 사무적인 사물들의 모습"을 사랑했다. "스트랜드 가의 소란, 혼잡 공간", "로코트의 거대한 장례미사," 보행인들은 좁은 보도에서 "서로 떠밀고 건너뛰고 우회하면서" 자동차 길에서 뛰어나와야 하는 필요성 말이다(『버지니아 울프 2』, 633쪽). 9년 동안 건강상의 이유로 리치먼드로 떠나 있는 동안, 그녀는 이 모든 것을 그리워했다. 그녀의 독서와 쓰기는 둘 다 런던 거리를 걷는 것에 비교된다. 때로는 한 종류의 책에서 다른 종류로 이동하고, "건너뛰고 슬슬 걸어 다니고, 판단을 중지하고, 편지들의 골목길과 옆길들을 한가로이 거닐고 어슬렁거리며 내려가는 것"이 필요하다고 그녀는 말한다(『버지니아 울프 2』, 803쪽).

문득 방안의 서가를 둘러보다 샬롯 브론테의 『빌레트』세 권짜리 번역본을 발견했다. 버니지아 울프보다 한 세대를 앞서 살았던 샬롯 브론테는 그녀의 마지막 소설이자 버지니아 울프가 그녀의 가장 훌륭한 소설이라고 부른 1853년작 『빌레트』에서 루시 스노우는 런던 거리를 혼자 걷는 것 자체가 하나의 모험 같다고 했다.

그날 아침 내가 느낀 삶의 분량은 엄청났다. 세인트 폴 성당 앞에 이르자 나는 안으로 들어가 돔까지 올라갔다. 런던의 강과 다리와 교회가 보였다. 고풍스러운 웨스터민스터와 초록

빛 템플 가든들 위에 태양이 빛나고 그 위로 이른 봄의 아름답고 푸른 하늘이 펼쳐져 있었다. 하늘과 그 건물들 사이에는 안개가 옅게 끼여 있었다. (『빌레트』, 74쪽)

그녀는 웨스트민스터와 초록색 템플 가든을 지나 시내 쪽으로 들어가 스트랜드가를 걷다가 콘힐로 올라갔다. 스트랜드가는 『댈러웨이 부인』의 엘리자베스가 미스 킬먼과 헤어진 후 혼자서 모험하는 심정으로 들어가 본 거리이기도 하다. 이곳은 남성적인 에너지와 사무의 중심으로 소란하고 혼잡한 공간이었다. 따라서 버지니아 울프조차 "원하면서도 두려워하는"(『버지니아 울프 2』, 633쪽) 곳이었다. 『빌레트』의 주인공 루시는 이런 런던의 즐거움에도 불구하고 기거할 집이 없었다. 영국에서 죽는다 해도 고아인 그녀를 위해 울어 줄 사람은 없었다. 런던에서 생계를 마련할 생각을 못하고 지금의 벨기에, 빌레트로 떠날 결심을 하는 것은 그런 이유에서다.

영국 중부 시골 출신의 루시에게 런던은 거대했고, 다른 유럽 국가의 도시나 다를 바 없었다. 그녀가 할 일은 없었다. 따라서 어디를 가더라도 그녀에게는 모험이었다. 그녀는 외국 가정에서 가정교사로 일하는 영국 여자들이 많다는 이야기를 듣고 무작정 유럽으로 떠날 결심을 하게 된 것이다. 유럽의 항구로 출발하는 배를 타기 위해 서둘렀던 런던의 밤은 더없이 위험하고 거칠게 묘사된다. 뱃사공들은 돈을 벌기 위해 루시의 짐을 차지하기 위해 싸웠으며 욕설을 뱉었다. 그녀의 짐뿐만 아니라 몸을 만졌으며 뱃삯을 속여 받기까지 하였다. 당시의 런던은 꼭 밤 시간뿐이 아니더라도 거리 자체가 여성에게는 마음 먹고 해야 하는 모험이었다.

『파도』의 런던 묘사는 루시의 두려움과 공포로 등장한 런던의 현실적 묘사와는 다른 방식으로 유동적이고 불안정하다. 버지니아 울프는 "근본적인 것"(『버지니아 울프 2』, 788쪽)을 묘사하기 위해 고의로 이런 방식을 취했다. '근본적인 것'이라는 것은 무엇을 말하는 것일까? 삶은 안정되어 있지도 지속적이지도 않다. 마음만 부유하는 것이 아니라 도시 삶의 흐름조차 나를 격리시킨다. 버나드가 느끼는 대로 도시는 거대한 응집을 보여주는 것 같지만, 그 속의 분리된 개인의 삶은 파편화된다. 그럼에도 불구하고 인간은 그들의 업무와 직업을 통해 고정되고 동일시될 필요가 있다. 건물 또한 그러한 인간 사이의 경쟁, 진화를 표현하며, 거리, 심지어 언어조차도 도시의 진화 규모에 따라 적응해 간다(『버지니아 울프 2』, 1099쪽 참조).

현대인들은 바쁘다. 동선을 최소화 시키면서 바쁜 삶을 한줌도 낭비해서는 안 된다는 생각이 뿌리박혀 있다. 생각이란 필요 없다. 급변하는 사회에서 빠르게 움직이지 않는다면 그 존재는 금방 잊혀지고 말 것이다. 그런데 사유하지 않는다면 자신을 소모하는 데에만 주의를 기울이고 있으면서도 그 사실을 깨닫지 못한다. 짜인 일정에 자신을 맞추기만 한다면 결국 기계의 수명처럼 기한이 다했을 때 그것으로 끝이 나고 만다. 셉티머스처럼 '아니오'라고 거부하거나 피터처럼 방황해야 한다. 삶에 대한 표준적 해석이 전부일 수 없으므로 끝없이 다른 해석들을 찾아내기 위해 모험을 해야 한다.

거리 출몰

『파도』를 읽으면서 그녀는 「거리 출몰: 런던 모험」을 다시 읽었다. 『파도』가 런던의 유령들에 대한 이야기라는 것을 염두에 두고 보니, 버지니아 울프의 런던 산책에 대한 태도를 다시 떠올리게 되었다. 연필을 사러 나가려는 열정을 느낀다는 화자였으나 정작 그녀는 거리를 걷고 싶었다. 거리를 배회하고 싶다는 욕망이 생겨날 때 연필은 구실이지만, 동시에 연필을 가져야 한다는 결심으로 밖으로 나갈 생각이 굳어진다. "난 정말 연필 하나를 꼭 사야 해"라고. {주섬주섬 겉옷을 챙겨 신발을 신는다. 문득 종이와 메모지가 필요하다는 생각이 들었을까. 이참에 문구점을 끼고 주위를 넓게 걸을 수 있을 것이다.}

버지니아 울프에게 런던 배회는 "그녀의 독서와 그녀의 자아들, 그녀의 사회를 여는 키"(『버지니아 울프 2』, 1096쪽) 자체였다. 따라서 모험과도 같다. 모험은 삶의 전반적인 맥락으로부터 떨어져 나오는가 하면, 바로 이 운동과 더불어 다시금 삶의 맥락 속으로 들어간다(게오르그 짐멜, 『짐멜의 모더니티 읽기』, 204쪽). 그녀는 런던을 하나의 도시에서 보편적인 세계로 확장한다. 그것은 런던이 세계의 중심이라는 것을 뜻하지 않는다. 영국은 세계지도에서 이미 작은 점에 불과할 뿐이었다. 그 속으로 걸어 들어가면 '이 미지의 사람들'이 있을 뿐이다. 거리에서 관찰하는 사람들, "이 미지의 사람들은 누구이며 무얼 하는 사람들일까?"(『파도』, 209쪽) 『파도』에서 버나드가 유스턴 역에 도착했을 때 기차에 하나로 묶여 있던 사람들은 모두 떠나 버린다. 이쪽인지, 저쪽인지를 결정하기 위한 그들의 기묘한 머뭇거림이 끝나면 사람과의 약속이나, 모자를 사는 따위의 일들이 이 아름다운 사람들을 갈라놓는다.

이런 생각을 한 번씩은 해보지 않았던가. 기차에 나란히 앉은 승객과 서너 시간 같은 목적지를 향해 가면서도 한 마디 이야기도 나누지 않을 때 밀려오는 이상한 기분. 막상 말을 걸어오거나 한다면, 화들짝 놀라 시선을 창밖으로 보내고 말게 되는 어처구니없는 방어심리가 모두에게 작용한다. 팔이 닿을 듯 말 듯하고 숨소리가 가까이 들리지만, 그 거리감이란 수백 마일 떨어진 거리보다 전혀 가깝지 않다. 그들은 모르는 사람들이며 다시는 보지 못할 사람들인 것이다. 그럼에도 불구하고 막연하지만 세계에 어떤 통일성을 부여하는 사람들. 그렇기에 각기 흩어지고 말 테지만 아름답다. 반대로 멀리 떨어져 있던 친구들이 하나둘씩 모인다. 모이자 "우리는 변했어, 알아보지 못할 정도로"라고 말하면서도, 지금 여기에 함께하는 것, 이 특정한 시각에, 이 특정한 장소에 있는 것은 무언가 심원한 공통의 감정에 이끌려 이 친밀한 교제에 끌려들어 온 것이다.

﹛순간 걸으러 나가려고 손에 쥔 머플러를 멈칫하며 내려놓는다. 곧 비가 쏟아져 내릴 것 같다. 쌀쌀하고 침울한 날씨다. 창밖 멀리 보이는 산은 부연 윤곽만을 남겨 놓았다. 공원 내부를 가리던 나무들은 이제는 헐벗어 훤히 들여다보인다. 카페 의자에 몸을 파묻은 채 달고 뜨거운 커피를 마시고 싶다. 자신이 하는 말에 집중해 주기를 기대하지 않고 조용히 차만 마셔 줄 누군가가 건너편에 앉아 있기를 바라 본다. 그러나 누구도 내가 원하는 시간에 내가 원하는 공간에서 그렇게 해주지 못할 것이다. 누군가가 있다면 그녀 또한 헐벗은 마음을 하소연하리라. 결국 전화기마저 내려놓는다. 친밀한 교제보다 열차의 옆 좌석에 앉은 낯선 사람이 더 절실할 때가 있다. 그것은 두려움이 아니라 말하지 않아도 될 자유, 듣지 않아도 될 자유를 부여한다.

이때 타인의 존재는 그 매혹만큼이나 방어하거나 위기에 처하는 것에서 벗어나게 해준다. 우리는 가끔 그렇게 도시 공간에서 모르는 사람을 의지하기도 한다. 그녀가 답답한 마음을 참지 못하고 집밖으로 나가 강변까지 해가 질 때까지 걸을 수 있었던 것도 늦은 오후에 아이를 데리고 걷는 사람이나, 자전거를 타는 사람이나, 개를 산책시키는 사람을 의지 삼을 수 있었기 때문이다. 인간은 인간이 대항해야 할 적만은 아니다.}

인간은 육체라는 경계에 의해 분리되어 있으면서도 끊임없이 타인을 훼손하고 동시에 타인으로부터 훼손당한다. 이에 대해 영국 시인 존 던은 이미 그의 시 「누구를 위하여 종은 울리나」에서 피력했다.

누구든, 그 자체로서 온전한 섬은 아니다.
모든 인간은 대륙의 한 조각이며,
대양의 일부이다.
만일 흙덩이가 바닷물에 씻겨 내려가면,
유럽은 그만큼 작아지며,
만일 모래톱이 그리되어도 마찬가지,
그대의 친구들이나 그대 자신의 영지(領地)가
그리 되어도 마찬가지이다.
어떤 사람의 죽음도 나를 손상시킨다.
나는 인류에 포함되어 있기 때문이다.
그러니 누구를 위하여 종이 울리는지 알고자

사람을 보내지 말라.

종은 그대를 위해 울린다.

육체로 경계 지어졌지만 나는 이와 같이 타인과 연결되어 있다. 버지니아 울프의 산책, 독서가 사람들을 읽어내는 방식으로 이어지듯이, 단편 「쓰이지 않은 소설」은 독서뿐만 아니라 사람을 읽는 법에 관한 것이다. 읽는다는 것은 무엇인가? 관찰능력, 그리고 공통감각을 찾아내는 것, 인간이라는 이유만으로 느낄 수 있는 오버랩되는 삶의 유사성, 연륜에서 오는 경험 같은 것들로 타인을 읽어낸다는 것이리라. 그런데 우리는 다른 사람을 얼마나 제대로 이해할 수 있을까? {그녀는 생각한다. 나는 너를 얼마나 알고 있는 것일까? 알지 못한다. 결코 알 수 없다.}

「쓰이지 않은 소설」에서 '나'는 열차 안에서 다섯 얼굴과 마주하고 있다. 담배를 피우거나, 신문을 읽거나, 수첩을 뒤적거리거나, 노선도를 바라보는 식의 외적 움직임으로 그들은 자신을 숨기고 있다. 한 사람만 아무것도 하지 않고 "삶을 바라보고 있다"(『버지니아 울프 단편소설 전집』, 176쪽). 보통은 '자기 생각에 빠져 있다'라고 쓴다. 그런데 화자 '나'는 '삶을 바라보고 있다'고 쓰고 있다. 밖의 사물, 그 사이로 비켜가는 시선이 자신을 주체가 아닌 객체로 바라보고 있다는 것인가. '나'는 『타임스』지를 보는 척하며 '삶을 바라보고 있는' 여자의 얼굴을 읽기 시작한다. 그녀가 중얼거리는 '올케', '그 젖소 같은 계집'이라고 뱉는 말에서 '나'는 여자에 대한 이야기를 창작한다. 그녀는 '미니', 올케의 이름은 '힐다 마시'이다. '나'가 미니라고 이름 붙인 여자는 점심식사 시간에 늦는 법이 없고, 우비 없이 비를 만나지 않으며, 계란이 싸다는 것을 절대 잊지 않는다. 그리고 집에 도착하면 부츠를 닦는다. 마치 초상화를 그리듯이 '나'는 "미니, 내가 이일을 완전히 끝낼 때까지는 제발 좀 움찔거리지 말아요"(『버지니아 울프 단편소설 전집』, 188쪽)라고 속엣말을 한다.

　여자는 '나'의 앞에 앉아 계란을 먹고 있다. '나'는 미니의 얼굴에서 불행을 읽고 기차에서 내릴 때 아무도 그녀를 마중 나오지 않을 것이라고 생각한다. 그러나 그녀가 두리번거리고, 그녀의 아들이 온다. 그들은 멀어진다. 결국 '나'는 틀렸다. '나'는 즉흥적으로 그들을 쫓아가본다. 『댈러웨이 부인』에서 피터가 쫓아갔던 미지의 여자처럼, '나'는 그들 모자를 따라간다. 처음에 그녀의 얼굴은 글자가 빽빽이 찬 인쇄물 이상을 것을 품고 있는 것으로 보였다. 사연 많은 불행한 얼굴이었다는 것이다. 결국 '나'는 열차에서 만난 여자가 아니라, 바로 자신의 통찰로부터 철저히 배신당한다. '나'의 창작은 실제의 삶보다 창조적이지 못했다. 그런데 자신의 오독은 그 자체로 '나'에게는 경이로운 경험이다.

도대체 어떻게 된 거야? 그들은 길을 걸어간다. 나란히……
내가 아는 건 뭔가? …… 하지만 그들의 마지막 모습…… 연
석에서 내려서는 그와 커다란 건물 모퉁이를 돌아 그를 따라
가는 그녀의 모습이 너무나 경이롭다. 신비롭다. 신비로운 사
람들! 어머니와 아들. 당신은 도대체 누구예요? 왜 길을 걸어
가는 거죠? 오늘밤에는 어디에서 잘 거예요? 그리고 내일은?
경이로움이 소용돌이치고 들이닥친다. (『버지니아 울프 단편
소설 전집』, 193~194쪽)

예상을 어긋난 결말에서 '나'는 세상의 힘, 수수께끼 같은 삶
을 느낀 것이리라. 자신의 인식과 예술의 그릇에 온전히 담기
지 않고 흘러넘치는 삶이, 소설 장르가 예측 가능하다고 여기
는 범주를 무너뜨리며 무한히 펼쳐져 있는 것이다.

창문·문지방

멀리 떨어진 사람들을 관찰한다는 것은 내가 그들과 이질적
인, 어떤 우위에 위치해 있다는 뜻이 아니다. "무슨 일이 일어
날까?"라고 묻는 순간은 의미심장하게 답을 준비해 둔 때가 아
니라 조끼에 묻은 빵 부스러기를 털어낼 때이며, "바깥에 무엇
이 있는가?"라고 묻는 순간은 앉아서 식사를 하고 있는 때이다

(『파도』, 211쪽 참조). 성인이 된 버나드는 회사의 조직생활을 하고 있음에도 식당에 앉아 좋아하는 시인의 시를 읽고 커피를 저으면서 다른 사무원들의 이야기에 귀를 기울이고 카운터에서 머뭇거리는 여인들의 얼굴을 관찰한다. 열심히 일한다면 이런 저런 재산을 물려받을 것이다. 의자와 양탄자, 온실이 딸린 집 한 채 같은 것을 말이다. 그런데도 그는 자꾸만 삶을 향한 돌진을 머뭇거린다.

그는 아직 다락방에 있으며 거기서 늘 읽는 작은 책을 펼치고, 비가 내리는 광경을 바라본다. 가난한 집의 부서진 창과 야윈 고양이와 금이 간 거울을 들여다보며 눈을 가늘게 뜬 여인을 또한 바라다본다(『파도』, 251쪽 참조). 버나드는 삶 속에 가려지지 않고, 일정 거리를 두고 삶을 바라본다. 클라리사 댈러웨이가 파티가 한창 진행 중에 혼자 방에 들어가 바라보던 건너편 집의 노인. 램지 부인이 문지방을 지나가며 응시했던 세월. 그들은 세상이 시키는 대로 일하지 않았다. 머뭇거리거나 미세하게 멈춰 섰다. 그렇다고 해도 오래 멈춘 것이 아니다. 사유를 할 정도의 속도를 유지하며 숨을 돌리는 것뿐이다.

마음이 산산이 부서지고 정처 없을 때 『파도』의 어긋나는 언어들, 미결정적이고 부조화적인 단어들이 촘촘히 박혀 온다. 마음은 강인하게, 차갑게 굳어 있기도 하지만 끊임없이 뒤척이고 불안해지기도 한다. 그녀는 도시 가운데에서 철저히 고독해지며 끝없이 허물어지곤 한다. 단련해 온 무감각도 소용없어진다. 떠돌아다니는 단어들과 미결정적인 문장들이 해면이 물고 있는 거품처럼 마음의 겹 사이사이로 흡수되었다.

그것은 기억이나 망각의 상태와는 다르다. 마음에 끼워 넣어져 아래로, 아래로 침잠했다. 이따금씩 떠돌아다니는 단어들을 조합하고 배열하고 규칙의 세계를 만들 때도 있었다. 그러나 감수성의 자락에 마음이 뒤척일 때야말로 『파도』의 언어들이 제 실력을 발휘했다. 그녀는 그런대로 괜찮아졌다. 그러나 소설 속에는 어떤 위로의 말도 담겨 있지 않다. 이 세상의 단어들을 주워 모은 듯한, 아침 시간에 운동장에서 전교의 아이들이 한 마디씩 소리를 내는 것 같은 재잘거림이 뒤섞여 흘러나오는 것 같았다. 내용을 알아들을 수 없는 그 소음들은 반짝거렸고 빛났으며 그녀가 머물던 운동장의 한곳을 소환하는 듯했다.

아직, 우리 앞에는 하루가 고스란히 남아 있었고, 날씨는 개었고, 햇빛은 부드러웠고, 춥지도 덥지도 않은 날이어서 우리는 공원을 벗어나 템스강의 북쪽 강둑까지 걸어갔다. (『파도』, 263쪽)

마침내는 지나간다는 것. 그녀의 깊은 잡념이자 잠음은 길다면 길고 짧다면 짧은 기간을 관통하고 이제 거두어졌다. 거두어졌다는 것은 뭔가 아득하기만 했던 것이 벗겨지고 분명해졌다는 것이지만 아무렇지 않다는 것은 아니다. 모든 경험은 어떻게든 상흔을 남긴다. 그것은 한 가지 기억만을 남기지 않는다. 다면적으로 이루어진 기억은 클라리사의 마음처럼 여러 겹으로 이루어져 있다. 그 기억은 또한 지금의 이것과 달리 이후에 또 다를 것이다. 이 잡념은 각기 다르게 기억될 것이다. 그렇다 해도 이제 **그녀**는 그 누구에 대해서도 생각할 필요가 없었다. ｛'그녀'는 램지 부인이다. 그녀는 이 순간 램지 부인이 떠올랐다.｝ 그녀는 홀로 자기 자신이 될 수 있었다. 그저 잠자코 있는 것, 혼자 있는 것. 모든 존재와 행위가, 팽창하고 번쩍이고 소리 내는 것들이 사라지고 줄어들어 거의 엄숙한 가운데 자기 자신이 되는 것, 쐐기 모양을 한 어둠의 핵심, 다른 사람들에게는 보이지 않는 무엇인가가 되는 것. 그녀는 여전히 똑바로 앉은 채 뜨개질을 계속 했지만 그러면서도 자기 자신을 느낄 수 있었고, 그렇듯 착념을 떨쳐버린 자아는 자유로워져서 그 어떤 기이한 모험도 할 수 있을 것만 같았다(『등대로』, 86쪽).

　　그녀는 아버지를 따라 산책을 나선 버지니아 울프를 떠올렸고, 창문을 여는 클라리사와 문지방을 넘는 램지 부인을 떠올린다. 그리고 문을 여닫으며 들어오고 나가는 수많은 사람들을 떠올린다. 이제 공원은 헐벗었다. 겨울의 거리는 밤이 더 길 것이다. 바슐라르는 눈에 휩싸인 겨울밤을 이야기하면서 집밖의 세계가 눈으로 인해 발자국이 지워지고, 길들이 흐려지고, 소리들이 짓눌렸으며, 색깔들이 덮였으므로, 모든 내밀함의 가치들의 강도가 커지는 집에서의 몽상이 더 크고 활발해진다고 했다(가스통 바슐라르, 『공간의 시학』, 126쪽). 그러나 겨울 낮의 거리 배회가 기다리고 있다.

{그녀는 눈밭 위로 그림자를 드리운 채 서 있는 헐벗은 나무 한 그루를 바라본다. 자꾸 어디론가 향해 가려고 하는 숨겨진 욕망이 그곳에 자리하고 있다. 그러나 자꾸 어디론가 향해 가는 마음이 언제나 옳은 것은 아니다. 산만해지기 전에, 그리고 수선스러워지기 전에 멈추는 것, 멈추는 태도가 필요하다. 거리 산책을 위한 채비를 하며 창밖으로 얼굴을 돌리자 그와 닮은 사람이 농구를 하고 있다. 잘 넣지도 못하는 공을 골대를 향해 계속해서 던지고 있는 것이었다. 그녀는 그만 시선을 거두고 문을 나섰다.}

걷기·생각하기·쓰기

이 세상의 모든 도시는 전혀 다른 모습을 하고 있지만, 동일한 도시조차도 서술하는 저자에 따라 다양한 모습을 드러낸다. 버지니아 울프의 런던은 찰스 디킨스나 조지 기싱의 런던과는 다르다. 도시를 걷는 것 자체가 '일상적인 실천'이라는 미셸

드 세르토의 말이 버지니아 울프에게 꼭 맞는 말이기는 하지만, 그녀에게 런던은 해독하기 어려운 텍스트였으며, 이것은 산책에서 일어나는 '눈'의 활동이 맹목적일 수 있다는 사실에 있다. 본다는 것은 있는 그대로를 눈에 담는다는 것이 아니다. 마치 높은 곳에서 조망하는 듯한 보는 이의 상상이 수반된 오해가 실린 눈이 있으며, 반면 도시의 유동성 때문에 도시를 낯설고 불투명한 것으로 바라보는 눈이 있다(손영주, 「현대 도시와 두 겹의 응시」, 40쪽).

버지니아 울프는 맹목을 깨닫는 런던 산책을 통해 런던의 현실을 직시하려 했다. 그리고 그 속에서 런던을 발견했다. 그리고 발견을 창조활동으로 이어 갔다. 산책은 그러한 힘을 가지고 있다. 헨리 데이비드 소로가 썼듯이, 두 다리가 움직이기 시작하는 순간에 생각도 흐르기 시작한다. 미국 잡지 『뉴요커』는 걷기가 생각을 활발하게 한다는 것을 몸의 화학적 작용으로 분석한 바 있다. 걸을 때 심장은 빨라지며, 훨씬 많은 혈액과 산소뿐만 아니라, 근육까지도 그리고 뇌를 포함한 모든 장기기관까지 순환시킨다. 규칙적으로 걸으면, 기억력이 증진되고 생각의 질이 바뀐다.

몸담고 있는 도시에서 오후시간 터덜터덜 걸을 수 있다면, 뇌는 자극을 받고 창조적이 될 것이다. 버지니아 울프는 의식이 흘러가도록 인물들을 걷게 한다. 댈러웨이 부인은 시내를 걸으며 런던을 통찰하는 것뿐만 아니라 과거의 기억 안과 밖을 파고들면서, 런던을 아주 특별한 질감의 정신적인 풍경으로 개조한다. 이처럼 걷기와 생각하기, 쓰기 사이의 심오한 관계는 산책을 마치고 다시 책상으로 돌아왔을 때 드러난다.

쓰기와 걷기는 육체적이고 정신적인 부분에서 동격을 이루는 극히 비슷한 행위이다. 도시를 걷기 위하여 경로를 선택할 때 뇌는 주위의 환경을 먼저 살핀다. 세계에 대한 정신적인 지도를 축조해야 하는 것이다. 앞으로 걸어갈 길을 설정하고 연속적인 발걸음으로 계획을 번역해 나가야 한다. 이와 같은 식으로, 쓰기는 뇌가 머릿속의 풍경을 검토하게끔 만든다. 정신 속의 영토에서 방향을 정하고, 손으로 가리키면서, 결과로서 생각의 자국을 기록한다. 걷는 것은 우리 주변의 세계를 정리하고, 쓰는 것은 우리의 생각을 정리시켜 준다.

이 책은 버지니아 울프의 런던 현실에 대한 비판적인 '눈'을 구체적으로 다루지 않았다. 그것을 목적으로 하지 않았다. 『댈러웨이 부인』에서 『등대로』로, 그리고 『파도』로 독서를 이어가는 동안, 읽기에서 그치지 않고 쓰기로 옮겨 갈 수밖에 없는 어떤 욕망에 대한 추적이었다. 그 욕망이 그녀를 나오게 만들었다. 사람들을 만나다 보면, 평생에 소설 한 권을 꼭 한 번 써보고 싶다고 말한다. 어째서 소설일까, 생각해 본다. 삶의 세계에서, 골목 귀퉁이에서, 부엌 개수대 앞에서 픽션의 문들이 열렸다 닫혔다, 하는 것이다. 픽션은 "상상력에 의한 작업이긴 하지만 …… 아주 미세하게라도 구석구석 현실의 삶에 부착되어 있다"(『자기만의 방』, 65쪽)고 버지니아 울프는 말하지 않았던가.

버지니아 울프의 소설을 읽다 보면, 멈출 수밖에 없는 순간들이 허다하다. 좋아서 몇 번이고 다시 읽어야 하고, 그 감정을 뒤따라 가야 하므로 미처 따라가지 못하는 순간에는 서성여야 한다. 마치 좋아하는 사람의 뒤에서 그 사람의 뒷모습을 바라보며 걷듯이, 걷다가 그 사람 옆으로 만들어지는 풍경들까지 쫓아가느라 절대 그 사람보다 먼저 걸을 수 없기 때문이다. 한가하다고? 한가하지 못할 게 무엇이란 말인가. 사랑하는 사람과 왜 만나는지, 생각해 보라. 아무리 바쁜 일정을 보내고 왔다 해도 그 사람과 앉으면 느리고 한가로운 풍경이 이어진다. 그렇지 않다면 그 사람을 느낄 수 없기 때문이다.

버지니아 울프는 알려진 것보다 다작을 하였으며 그중 상당한 분량의 서평이 있다. 작품에 대한 서평뿐만 아니라 독서 자체와 독자에 대한 글들도 여러 편 있다. 그녀는 단지 자신의 방식대로 창작에만 몰두하여 제멋대로 쓰기 위해 호가스 출판사를 이용한 것이 아니었다. 무엇보다 독자들을 고려했으며, 그들로 하여금 독서의 방법을 적극적으로 제시했다. 서평은 아름다우며 지금 읽어도 전혀 오래되지 않은 어휘들을 구사하고 있다. 스스로가 어마어마한 독서를 창작과 병행했으므로, 서평집과 문학 에세이들은 고대 시인으로부터 현대 작가까지 두루 아우른다.

　『댈러웨이 부인』과 『등대로』, 『파도』는 서로 참 다르지만, 또 유사한 점들도 가지고 있다. 클라리사의 걷기 속에는 런던 시내의 오밀조밀한 풍경과 그녀의 내면세계가 마치 길을 내듯이 서로를 오고간다. 램지 부인의 여름 별장 풍경은 훨씬 더 내밀하고 고독하다. 그녀는 항상 시끌벅적한 가족들 속에 둘러싸여 있지만 서술은 그와 반대로 침잠해 가는 그녀의 내면에 기울어져 있으므로 고요하다. 『파도』 속의 왁자지껄하는 아이들의 소리는 알아들을 수 없는 전체의 웅얼거림이었다가 여섯 명의 내면의 소리로 확장된다. 내면의 소리는 세 작품을 거치면서 『파도』에서 극대화된다. 툭하면 길을 잃고 만다. 그 길을 도로 거슬러 돌아가서 다시 읽어내면 비로소 책의 물질 위에 부동의 활자가 풀려나오듯이 스토리가 드러난다. 다시 읽어내면 내면의 풍경이 드러날 것이고, 또다시 읽어내면 너와 내가 보인다. 너는 거기, 나는 여기에 앉아 있다.

참고문헌

버지니아 울프 저작

버지니아 울프, 『댈러웨이 부인』, 이태동 옮김, 시공사, 2012

_____, 『등대로』, 최애리 옮김, 열린책들, 2014

_____, 『버지니아 울프 단편소설 전집』, 유진 옮김, 하늘연못, 2013

_____, 『버지니아 울프 문학 에세이』, 한국 버지니아 울프 학회 옮김, 솔출판사, 2011

_____, 『보통의 독자』, 박인용 옮김, 나눔의 집, 2011

_____, 『어느 작가의 일기』, 박희진 옮김, 이후, 2009

_____, 『자기만의 방』, 이미애 옮김, 민음사, 2006

_____, 『존재의 순간들』, 정명진 옮김, 부글북스, 2013

_____, 『파도』, 박희진 옮김, 솔출판사, 2004

그 외 저작

그르니에, 장. 『존재의 불행』, 권은미 옮김, 문예출판사, 2009

니콜슨, 나이젤. 『버지니아 울프』, 안인희 옮김, 푸른숲, 2006

드 세르토, 미셸. 「도시 속에서 걷기」, 『문화·일상·대중: 문화에 관한 8개의 탐구』, 박명진 엮음, 한나래, 2005

리, 허마이오니. 『버지니아 울프: 존재의 순간들, 광기를 넘어서』(전2권), 정명희 옮김, 책세상, 2001

맨스필드, 캐서린. 『가든파티』, 홍한별 옮김, 강, 2010

바르트, 롤랑. 『텍스트의 즐거움』, 김명복 옮김, 연세대학교 출판부, 1994

바슐라르, 가스통.『공간의 시학』, 곽광수 옮김, 민음사, 2003

바우만, 지그문트.「글쓰기에 관하여: 사회학 쓰기에 관하여」,『액체 근대』, 이일수 옮김, 강, 2009

버틀러, 주디스.『윤리적 폭력 비판: 자기 자신을 설명하기』, 양효실 옮김, 인간사랑, 2013

벤야민, 발터.『도시의 산책자』, 조형준 옮김, 새물결, 2008

브론테, 샬롯.『빌레뜨』(상), 조애리 옮김, 창작과비평사, 1996

블랑쇼, 모리스.『도래할 책』, 심세광 옮김, 그린비, 2011

_____,『문학의 공간』, 이달승 옮김, 그린비, 2010

셰익스피어, 윌리엄.『소네트집』, 박우수 옮김, 열린책들, 2011

_____,『심벨린』, 박효춘 옮김, 동인, 2017

손영주,「현대 도시와 두 겹의 응시: 버지니아 울프의 '거대한 눈'」,『안과밖』제34호, 2013

스튜어트, 수전.『갈망에 대하여: 미니어처, 거대한 것, 기념품, 수집품에 관한 이야기』, 박경선 옮김, 산처럼, 2015

아우어바흐, 에리히.『미메시스』, 김우창·유종호 옮김, 민음사, 2016

이셔우드, 크리스토퍼.『싱글맨』, 조동섭 옮김, 그책, 2010

조이스, 제임스.『율리시스』(상), 김종건 옮김, 범우사, 1989

_____,『더블린 사람들』, 범우사, 1998

짐멜, 게오르그.『짐멜의 모더니티 읽기』, 김덕영·윤미애 옮김, 새물결, 2006

카뮈, 알베르.『시지프 신화』, 김화영 옮김, 책세상, 2007

해외문헌

Forrester, Viviane. *Virginia Woolf : A Portrait*, Tr. by Jody Gladding, Columbia University Press, 2015

Jabr, Ferris. "Why Walking Helps Us Think", *The New Yorker* [2014. 09. 03]

Woolf, Virginia. *Mrs. Dalloway*, Penguin Books, 1992

_____, *To the Lighthouse*, Penguin Books, 1992

_____, *Street Haunting*, Penguin Books, 2005